이토록 친절한 문학 교과서 작품 읽기

고대 가요・향가・고려 가요 편

이토록 친절한
문학 교과서 작품 읽기

고대 가요·향가·고려 가요 편

하태준 지음

다섯
에듀

차례

제1장 고대 가요

제2장 향가

제3장 고려 가요

고대 가요는 고조선 시대부터 통일 신라 이전까지 지어진 모든 시 문학 갈래를 말합니다. 시작이 오래된 만큼 남아 있는 작품의 수가 많지 않습니다. 순우리말로 창작된 작품도 대부분 한문으로 기록 되었다가 한글 창제 이후가 되어서야 우리말로 표기되어 전해지 게 됩니다. 이 책에서는 가장 널리 알려지고 문학사에서 중요한 네 작품을 소개합니다. '공무도하가'는 현존하는 가장 오래된 문학 작품이며, 중국의 시가 문학에 영향을 끼쳤을 정도로 뛰어난 작품 입니다. '황조가'는 한역 시 형태로 전해지는 작가가 알려진 최초 의 작품입니다. '구지가'는 가장 오래된 집단 무요巫謠이며 김수로 왕의 탄생 설화이기도 합니다. '정읍사'는 현전하는 유일한 백제 가요이면서 조선 시대에 전국적으로 유행한 시조의 원형으로 알 려져 있어 그 의의가 큽니다.

제1장

고대 가요

공무도하가

님아 그 강을 건너지 마오

백수광부의 처 또는 여옥

기록으로 전해지는 우리 민족의 가장 오래된 시 '공무도하가'는 죽음과 이별이라는 슬픈 장면으로 시작됩니다. 옛날 사람들의 입에서 입으로 전해지던 노래부터 오늘날 우리가 자주 듣는 대중가요까지 '이별'은 많은 사람들의 공감을 불러일으키는 소재 중 하나였습니다.

여러분도 이별을 노래한 대중가요를 듣고 마음 아파 본 적이 있을 겁니다. 연인과의 이별, 부모님과의 이별, 친구와의 이별 등 세상의 이별 가운데 슬프지 않은 것은 없겠지요.

우리 민족은 오래전부터 이별과 죽음을 이야기할 때 물이나 강을 이용하여 표현하곤 했습니다. 옛 문학 작품에는 넓고 깊은 강을 사이에 두고 상대방과 만날 수 없는 상황을 슬퍼하는 장면이 종종 등장합니다. 그 시초가 되는 작품이 바로 '공무도하가'입니다. 강물에 빠져 생이별을 하게 된 부부의 슬픈 사연은 어떻게 해서 아름다운 노래로 남게 되었을까요.

고조선의 진졸[真卒] 곽리자고는 여옥이라는 아름답고 재주 많은 아내와 함께 살고 있었습니다. 진졸은 지금의 군인과 같은 직업입니다. 그중에서도 곽리자고는 나루*를 지키는 병사였습니다.

어느 날 곽리자고는 여느 때와 다름없이 강가에서 나룻배를 손보고 있었습니다.

＊ 강 또는 좁은 바닷목에서 배가 건너다니는 곳.

그런데 갑자기 멀지 않은 곳에서 여인의 비명이 들려왔습니다. 곽리자고가 놀라서 소리가 난 쪽을 바라보았더니 하얗게 센 머리를 풀어헤친 남자가 강물로 성큼성큼 걸어 들어가는 중이었고 그 뒤로 등에 공후*를 멘 여인이 넘어질 듯 언덕을 달려 내려오고 있었습니다.

* 하프와 비슷한 동양의 옛 현악기.

남자는 손에 호리병을 들고 있었는데 술에 잔뜩 취해 미친 사
람처럼 보였습니다. 머리가 하얗게 센 미친 남자, 백수광부白首
狂夫입니다.

백수광부는 이미 허리가 잠길 만큼 강 속으로 들어갔습니다. 아내
는 위험한 것도 잊은 채 강물로 뛰어들어 남편을 구하려 했지만
곽리자고가 급하게 달려와 여인을 붙잡았습니다. 아내는 강가에
주저앉아 남편을 향해 목 놓아 소리쳤습니다.

백수광부는 완전히 강물에 잠겨 버렸고, 그가 들고 있던 호리병만
이 강물 위를 떠내려갔습니다.
넋이 나간 여인은 한참 동안 남편이 사라진 강물을 바라보다가 등
에 메고 있던 공후를 풀러 생을 떠난 남편을 위해서 마지막 연주
를 했습니다.

아름답고 구슬픈 공후 연주를 마치고 여인은 가지런히 신발을 벗
어 놓더니 남편을 따라 강물 속으로 들어갔습니다. 곽리자고가 미
처 손쓸 새도 없이 순식간에 벌어진 일이었습니다.

조금 전까지는 강물이 남편과 아내를 이별하게 했지만 이제 강물
속에서 부부는 죽어서라도 다시 만나 영원한 사랑을 이룰 수 있겠
지요.

곽리자고는 집으로 돌아가서 망연자실한 표정으로 아내 여옥에게 오늘 겪은 일을 이야기해 주었습니다. 여옥은 백수광부와 그 아내의 비극적인 이야기를 듣고 자신의 일처럼 슬퍼하며 생각에 잠겼습니다. 공후 연주와 노래에 뛰어난 재능이 있던 여옥은 두 사람의 이야기를 노래로 만들어 불렀습니다.

님이여, 그 강을 건너지 마오.

님은 그만 강을 건너고 말았네.

강에 빠져 돌아가시니,

이제 그 님을 어이하오.

여옥은 노래를 다 만들고 나서 '공후인'이라고 이름 붙이고 이웃집 여인 여용에게 가르친 후 마을 사람들에게 들려주라고 했습니다. 여용이 이 노래를 사람들 앞에서 부르니 눈물을 흘리지 않는 이가 없었다고 합니다.

백수광부와 아내의 슬픈 사연을 담은 노래는 이후 우리 민족의 문학 작품에 많은 영향을 주었고, 중국의 고대 가요에도 영향을 주었습니다. '공무도하가'라는 제목은 후대 사람들이 노래의 내용을 보고 붙였을 것으로 추측됩니다.

공무도하가 (公無渡河歌)

백수광부의 처 또는 여옥

님이여, 그 강을 건너지 마오.

님은 그만 강을 건너고 말았네.

강에 빠져 돌아가시니,

이제 그 님을 어이하오.

(원문)

公無渡河 (공무도하)

公竟渡河 (공경도하)

墮河而死 (타하이사)

當奈公何 (당내공하)

'공무도하가'는 기록으로 전해지는 우리나라의 가장 오래된 시가 문학입니다. 노래의 원형은 알 수 없지만 중국 진나라 때 최표의 『고금주』에 한문으로 번역되어 '공후인'이라는 이름으로 기록되어 있지요. 그것을 조선 시대에 한치윤이 『해동역사』에 설화와 함께 옮기면서 우리 문학으로 전해지게 되었습니다.

 핵심 정리

- 형식: 고대 가요, 한역시(4언 4구체)
- 연대: 고조선
- 출전: 『해동역사』
- 주제: 임의 죽음으로 인한 슬픔과 자신의 신세에 대한 한탄
- 성격: 원망과 체념
- 의의: 우리나라 최초의 서정시, 집단 가요에서 서정시로 넘어가는 과도기적 작품

황조가

저 꾀꼬리도 정다운데

유리왕

'황조가'는 고구려 2대 유리왕이 원래 왕비였던 송씨를 잃고 나서 들인 두 왕비, 화희와 치희에 관한 일화가 담긴 노래입니다. 어느 날 두 왕비가 크게 다툰 후 치희는 고구려를 떠나게 되는데요. '황조가'라는 짧은 시 속에 치희에 대한 유리왕의 사랑과 안타까움이 잘 표현되어 있습니다. 특히 꾀꼬리를 통해 화자의 감정을 나타내어 우의적인 표현이 돋보이는 작품입니다.

'개미와 베짱이', '토끼와 거북이' 같은 이솝 우화에는 동물이 등장하여 사람처럼 말하고 행동합니다. 덕분에 우리는 더욱 재미있게 이야기를 읽을 수 있고 덩달아 교훈도 얻습니다. 이렇게 동물 등 다른 사물에 빗대어 추상적인 개념을 비유적으로 표현하는 문학의 형식을 '우의寓意'라고 합니다.

고구려를 세운 주몽의 아들이자 고구려 2대 유리왕에게는 송씨라는 왕비가 있었습니다. 유리왕은 골천 지역에 별궁을 짓고 왕비 송씨와 머물렀습니다. 송씨가 일찍 세상을 떠나자 유리왕은 고구려 골천 지역 출신인 화희와 중국 한나라 출신인 치희를 왕비로 맞았습니다.

화희와 치희는 화목하게 지내지 못하고 왕의 사랑을 두고 자주 다투었기 때문에 유리왕은 동쪽과 서쪽에 궁을 지어 두 왕비를 따로 살게 했습니다. 그러던 어느 날 유리왕이 기산이라는 곳으로 사냥 여행을 떠나게 됩니다.

왕이 사냥을 떠난 지 7일이 되던 날, 왕을 기다리다 지친 두 왕비는 서로의 궁에서 나와 산책을 하던 중 우연히 마주쳤습니다. 사이가 좋지 않았기 때문에 마땅히 할 말이 없던 치희는 인사치레로 화희에게 말을 걸었습니다.

"사냥을 나가신 폐하께서 너무 늦으시는 것 같은데 화희님께선 무슨 소식이라도 들은 바가 있으신지요?"

평소에 유리왕이 자신보다 치희를 더 아낀다고 생각하여 속으로 질투하던 화희는 그간 쌓아 온 감정이 폭발하여 모욕적인 말을 내뱉었습니다.

"그것을 왜 나에게 묻는 것이냐? 폐하께서 돌아오시면 한시라도 빨리 네 침소로 모시려고 그러는 것이냐? 이런, 천하의 뻔뻔한 년. 이 땅은 위대하신 동명성왕께서 하늘의 도움을 받아 세우신 거룩한 땅이다. 어찌 너같이 천박한 한족의 계집이 무례한 줄도 모르고 감히 폐하의 소식을 묻는단 말이냐!"

화희의 모욕을 참을 수 없던 치희가 대답했습니다.

"내가 고구려 땅에서 이런 수모를 당하다니…… 내 이런 모욕을 받으며 고구려 땅에서 더 이상 살지 않겠다. 폐하의 인품에 감동받아 한족과 고구려 민족의 인연을 위해 이 땅에 왔으나 너 따위 속 좁은 고구려 계집과는 같은 하늘 아래 숨을 쉬지 않으리라."

사실 두 왕비의 싸움은 왕의 사랑을 독차지하려는 마음에서 비롯
된 것만은 아니었을 겁니다. 고구려 민족과 한나라 민족의 자존심
싸움이기도 한 것이지요. 화희는 한나라 출신의 치희를 오랑캐라
생각하여 정실 왕비로 인정할 수 없었고, 치희는 이민족이라는 이
유로 그간 받아 온 수모가 상당했을 것입니다.

치희는 고구려 땅에서는 자신을 지켜 줄 세력이 별로 없고, 이러
다가 목숨을 위협받는 일도 생길지 모른다는 생각에 시녀와 호위
무사 몇 명만을 데리고 한나라로 떠났습니다.

치희가 떠나고 얼마 후 궁으로 돌아온 유리왕은 치희가 고구려를 떠났다는 소식을 듣고 사냥 나갔던 차림 그대로 말을 채찍질하여 치희를 쫓아갔습니다.

골천 지역 외곽의 강을 건너는 배를 타면 치희를 데리고 올 수 있는 방법이 없기 때문에 그 전에 치희를 따라잡아야만 합니다.

유리왕이 한숨도 쉬지 않고 말을 달려 강가에 도착하니 이미 치희를 태운 배가 멀어지고 있었습니다. 그러나 소리치면 들릴 만한 거리입니다.

왕이 치희에게 돌아오라고 소리치자 치희는 서러움이 밀려왔지만 배를 돌리지는 않았습니다. 다시 돌아가는 것도 우스운 모양이 될 뿐만 아니라 유리왕이 언제나 자신을 지켜 줄 수 없다는 생각이 들었을 겁니다.

치희는 터지는 울음을 참으며 배 위에서 유리왕에게 마지막 인사를 올립니다. 절을 하느라 완전히 몸을 숙인 치희는 사랑하는 유리왕에게 얼굴이 보이지 않게 되자 화희에게 받았던 모욕과 서러움, 유리왕에 대한 사랑의 마음과 미안함이 밀려들어 고개를 숙인 채 울음을 터뜨렸습니다.

치희는 그렇게 한참 동안 얼굴을 들지 못하고 서럽게 눈물을 흘리며 유리왕에게서 멀어져 갔습니다.

유리왕은 치희의 마지막 얼굴조차 보지 못한 채 배가 가물거리며
사라질 때까지 꼼짝 않고 바라보았습니다.

강을 건너는 치희를 붙잡지 못하고 떠나보낸 유리왕은 궁궐 쪽으로 차마 떨어지지 않는 발걸음을 옮기다가 빈터가 나오자 가던 길을 멈추어 섰습니다. 나무에 몸을 기대앉은 유리왕은 암수 한 쌍인 것이 분명한 꾀꼬리 두 마리가 지저귀며 노는 것을 보고 생각했습니다.

'저 꾀꼬리란 놈들은 참으로 사이좋게 노는구나. 너희들이 사랑하는 여인 하나를 붙잡지 못하는 고구려의 왕보다 낫다. 치희와 함께 돌아갈 수 없는 내 신세가 처량하구나.'

유리왕은 바위에 앉아 쉬면서 배 위에서 자신을 향해 마지막 절을 하던 치희를 생각하고 있습니다. 유리왕은 자신의 무심함으로 인해 사랑하는 아내이자 외국에서 시집와 외로움에 힘들던 아름다운 치희가 고구려를 떠난 것이라고 생각했습니다.

치희를 떠나보낸 뒤 마음이 아팠던 유리왕은 정답게 놀고 있는 꾀꼬리의 모습을 보고 시상이 떠올라 시를 읊었습니다.

훨훨 나는 저 꾀꼬리
암수 서로 정다운데

외로워라 이 내 몸은
뉘와 함께 돌아갈까.

이 노래에서 유리왕은 꾀꼬리가 노는 모습을 먼저 묘사한 뒤 외로운 자신의 심경을 표현하고 있습니다. 이렇게 시의 앞부분에서 경치를 묘사하고 뒷부분에서 이에 대한 화자의 정서를 나타내는 방법을 선경후정先景後情이라 합니다.

'황조가'는 한 쌍의 꾀꼬리와 홀로인 화자, 정다움과 외로움의 감정이 앞뒤로 완벽하게 대칭을 이루어 문학적 가치를 인정받는 작품입니다.

황조가(黃鳥歌)

유리왕

훨훨 나는 저 꾀꼬리
암수 서로 정다운데
외로워라 이 내 몸은
뉘와 함께 돌아갈까.

(원문)

翩翩黃鳥 (편편황조)
雌雄相依 (자웅상의)
念我之獨 (염아지독)
誰其與歸 (수기여귀)

'황조가'는『삼국사기』고구려 본기의 '유리왕조'에 설화와 함께 4언 4구의 한시로 기록되어 있습니다. '공무도하가'가 시기적으로는 조금 더 앞서지만 '황조가'는 저자와 그 시기가 명확하다는 것에 의의가 있습니다.

 핵심 정리

- 형식: 고대 가요, 한역시(4언 4구체)
- 연대: 고구려 유리왕 3년(기원전 17년)
- 출전: 『삼국사기』
- 주제: 사랑하는 사람을 잃은 슬픔
- 성격: 우의적, 애상적
- 의의: 작가가 알려진 고대 가요, 집단의 성격을 벗어난 최초의 개인적 서정시

구지가

새로운 왕을 부르는 노래

작자 미상

가락국이라는 나라에 대해 들어 본 적 있나요? 가락국은 가야라고도 합니다. 우리나라 남쪽에 있었던 작은 나라들을 통합하여 세운 연맹 왕국이지요. 총 여섯 개의 가야가 있었는데 지금의 김해 지역에 자리했던 김수로가 건국한 금관가야는 그중에서도 가장 왕성한 나라였습니다.

가락국이 세워지기 전, 사람들은 부족의 형태를 이루어 생활했고 구간九千*이라 불리는 아홉 명의 족장들이 마을 사람들을 다스렸습니다. 변변한 나라의 이름도, 임금도 없던 때였습니다.

---

* 가야국 초기의 아홉 족장. 아도간(我刀干), 여도간(汝刀干), 피도간(彼刀干), 오도간(五刀干), 유수간(留水干), 유천간(留天干), 신천간(神天干), 오천간(五天干), 신귀간(神鬼干)을 이른다.

42년 3월 계욕일*에 아홉 명의 족장이 한데 모여 마을에 퍼진 이상한 소문에 대해 이야기하고 있었습니다. 마을 북쪽에 있는 구지봉龜旨峰이라는 곳에서 하늘의 소리가 들린다는 소문이었지요.

＊ 액을 없애기 위해서 물가에서 목욕하며 노는 날.

구간은 마을 사람들을 직접 만나 이야기를 들어 보기로 했습니다. 그중 한 명이 구지봉 쪽을 가리키며 말했습니다.

"아이고 말도 마십시오. 좀 전에도 저쪽 언덕에서 소리가 났습니다요. 그런데 소리가 얼마나 우렁차게 울리는지 무슨 말인지 잘 알 수가 없습니다요."

구간과 마을 사람들은 난데없이 하늘에서 들려오는 소리가 두려웠지만 한편으로는 무슨 말인지 궁금했습니다. 그때 구간 중 대표자 격인 아도간이 결심을 한 듯 말했습니다.

"두려워하지 마시오. 우리에게 해를 입힐 존재라면 벌써 그렇게 했지 않았겠소? 내 생각에 오늘이 마침 우리의 몸과 마음을 깨끗이 하는 계욕의 날이니 아마 하느님께서 우리에게 뭔가 하실 말씀이 있는 건지도 모르오. 가까이 가서 그 말씀을 들어 봅시다."

구간과 마을 사람 수백 명은 하늘의 소리를 들으러 구지봉으로 향했습니다.

사람들이 구지봉에 모이자 곧 하늘로부터 우렁찬 목소리가 울려
퍼졌습니다.
"여기에 사람이 있느냐?"
모든 사람들이 놀라 땅에 엎드렸고, 구간이 입을 모아 답했습니다.
"우리가 여기에 있습니다."
"이곳은 어디인가?"
"여기는 구지봉입니다."

하늘의 소리는 다시 말했습니다.

"황천에서 나에게 명하시기를 이곳에 와서 나라를 새롭게 하여 임금이 되라 하셨으니, 너희들은 농사를 짓듯이 구지봉의 흙을 파면서 이렇게 노래를 하고 춤을 추어라. 그렇게 하면 곧 너희가 대왕을 맞이하여 기뻐하게 될 것이다."

거북아, 거북아,
머리를 내어라.
내놓지 않으면
구워서 먹으리.

당시 부족 사회는 어느 정도 큰 세력으로 성장했으나 임금도 나라의 이름도 없던 상태였습니다. 그러니 하늘에서 임금을 내려 준다는 말이 얼마나 반갑게 들렸을까요? 사람들은 기쁜 마음으로 땅을 파며 하늘이 알려 준 노래를 부르고 춤을 추었습니다. 얼마 지나지 않아 하늘에서 자주색 굵은 줄이 내려왔습니다. 구간과 사람들이 하늘에서부터 땅까지 이어진 줄의 끝을 찾아보니 붉은색 보자기에 싸인 금빛 상자가 있었습니다.

아도간이 금빛 상자를 열었더니 여섯 개의 황금알이 찬란한 빛을 뿜어내고 있었습니다. 그중 가운데 있는 알은 다른 알보다 유난히 컸습니다.

구간과 사람들은 하늘에서 내려 준 알을 소중히 안아 들고 산 밑으로 돌아왔습니다. 백성들은 집으로 돌아가고 구간은 여섯 개의 황금알을 아도간의 집에 있는 고상 가옥에 보관하였습니다.

당시 사람들은 일반적으로 수혈죽이라는 초가집에서 생활했고, 다리를 받쳐서 공중에 집을 띄운 고상 가옥은 주로 곡식을 저장하거나 제례 의식을 진행하는 용도로 쓰였습니다. 장차 나라를 세워 임금이 될지도 모르는 신성한 알을 아무 곳에나 보관할 수는 없었겠지요. 알을 보관한 장소가 제례 의식을 행하는 곳이었다는 것은 당시 부족 사람들이 왕의 강림을 기원했고 구지가에서 그 기원이 주술적으로 표현된 것이라고 해석할 수 있습니다.

열이틀이 지나도록 알에서 아무 일도 일어나지 않자 구간은 걱정이 되었습니다. 하지만 구간이 아무리 모여 이야기한들 하늘의 일을 사람이 어찌 알 수 있을까요? 모두가 어찌할 바를 모르고 고상 가옥을 바라보고 있을 때 갑자기 눈부신 금빛이 쏟아져 나왔습니다. 구간이 한동안 눈을 뜨지 못하다가 고개를 들어 보니 고귀한 복장을 한 잘생긴 청년 여섯 명이 고상 가옥 앞에 서 있었습니다. 맨 앞에 선 청년은 키가 가장 컸으며 더욱 신비한 기품을 지니고 있었습니다.

눈부신 기품의 여섯 청년을 본 구간은 무릎을 꿇고 외쳤습니다.
"임금님들이시여, 어서 오십시오."
맨 앞에 선 키가 가장 크고 신비롭게 생긴 청년이 말했습니다.

"우리는 하늘의 명으로 이 땅을 다스리러 내려왔다. 나는 첫째로 이름을 수로라 할 것이다. 이 아이들과 나는 이 땅의 이름을 가 락국이라 할 것이며, 여섯 개로 땅을 나누어 각자 하나씩 다스리 겠노라. 그대들은 신하로서 충성을 다하도록 하라."
아홉 족장은 감격에 겨워 충성을 다할 것을 맹세했습니다.

구지가 (龜旨歌)

작자 미상

거북아, 거북아,
머리를 내어라.
내놓지 않으면
구워서 먹으리.

(원문)

龜何龜何 (구하구하)
首其現也 (수기현야)
若不現也 (약불현야)
燔灼而喫也 (번작이끽야)

'구지가'는 김수로왕의 탄생 설화이자 가야의 건국 설화로 널리 알려져 있습니다. 이 노래는 '구지가' 이외에 '영신군가迎神君歌', '구지봉영신가龜旨峰迎神歌'라는 이름으로도 불립니다. 영신군은 임금을 맞이한다는 뜻입니다.

　당시 한반도 남쪽 지역에는 강력한 왕권을 지닌 나라가 없이 작은 나라와 부족들이 모여 있었기 때문에 신령한 통치자를 원하는 사람들의 염원이 '구지가'에 담겨 있습니다.

　이 노래의 원형은 알려져 있지 않지만『삼국유사』'가락국기'에 4구체의 한시와 관련 설화가 함께 실려 있습니다.

 핵심 정리

- 형식: 고대 가요, 한역시(4언 4구체)
- 연대: 신라 유리왕 19년(42년)
- 출전:『삼국유사』
- 성격: 주술적, 집단적, 명령적
- 주제: 왕의 강림 기원
- 의의: 우리나라 최초의 집단 무요, 주술성을 가진 노동요

정읍사

돌이 된 아내의 이야기

작자 미상

옛날 사람들은 이야기를 짓는 상상력이 굉장히 풍부했던 것 같습니다. 사람이나 동물과 비슷한 모양을 가진 돌에도 이야기를 만들어 붙였을 정도니까요. 돌이 된 사람 이야기는 동양과 서양의 여러 전설과 설화에서도 많이 찾아볼 수 있습니다. 그리스 신화에는 자식을 잃은 슬픔으로 몸이 굳어 돌이 된 왕비 니오베와 얼굴을 보기만 해도 상대방이 돌로 굳어 버리는 메두사의 이야기가 있지요. 우리나라에는 외지에 나간 남편을 한자리에 앉아 진득하게 기다리다가 돌이 된 아내의 이야기, 망부석望夫石 설화가 있습니다.

망부석 설화는 지역과 시대별로 여러 갈래의 이야기가 전해집니다. 전라북도 정읍시의 정읍사 공원에도 장사를 나간 남편을 기다리다가 돌이 된 아내의 이야기가 전해집니다. 어떤 이야기일지 궁금하지 않나요?

백제의 정읍현에 한 행상인과 그의 아내가 살고 있었습니다. 둘 사이에는 아이가 없었습니다. 그래서인지 서로를 끔찍하게 아끼고 사랑했지요. 마을 사람들의 부러운 시선을 받을 만큼 각별한 부부였으나 불행히도 아내의 몸이 좋지 않았습니다. 남편은 아내의 병을 고치기 위해 험한 일도 마다하지 않고 매일 행상을 나갔습니다.

장사를 하러 나가는 길은 고개를 하나 넘어야 할 만큼 쉽지 않았기에 남편이 길을 떠날 때마다 아내는 걱정을 멈출 수 없었습니다. 남편은 그런 아내를 웃는 표정으로 안심시켰지요.

남편이 여느 때와 같이 길을 나선 후, 돌아올 날이 되었는데도 오
지 않는 날들이 계속되었습니다. 아내는 남편이 혹시 잘못되지는
않았을까 무척 걱정이 되었습니다. 몸이 약한 아내는 계속 기침을
하면서도 한밤중에 남편이 장사를 다닐 때마다 지나가는 고개에
올랐습니다. 마침 보름달이 환하게 떠서 남편이 떠난 길이 다
보입니다. 아내는 큰 소나무 옆에 앉아 남편을 생각하며 환히 떠
오른 달님에게 기도를 시작했습니다.

달님이시어, 높이높이 돋으시어
멀리멀리 비춰 주시옵소서.

옛날 사람들은 간절하게 바라는 것이 있으면 환하게 떠오른 보름 달에게 그 소망을 빌곤 했습니다. 그런 풍습은 지금까지 이어져 요즘도 정월대보름이나 추석이 되면 달에게 소원을 빌곤 하지요. 행상인의 아내도 달에게 남편의 무사를 빌면서 남편이 떠난 길을 환히 비추어 달라고 소망하고 있습니다.

장터에 가 계신가요?
진 곳을 밟을까 두렵습니다.

남편은 시장을 찾아다니며 장사를 하는 행상인이기 때문에 아마도 장터에 머물고 있을 가능성이 높겠지요. 아내는 남편이 '진 곳'을 밟을까 봐 걱정합니다. 물이 흥건한 땅을 밟고 미끄러지는 건 아닐지, 외딴 길에서 강도를 만나 해를 입지는 않을지, 다른 여인을 만나 바람을 피우지는 않을지 걱정이 꼬리에 꼬리를 물고 이어집니다.

'진 곳'이라는 시어는 이렇게 다양한 뜻으로 해석할 수 있습니다. '진 곳'을 통해 '달님'의 상징성은 더욱 커집니다. '진 곳'은 아내와 남편의 사이를 멀어지게 하는 장애물을 상징하는 반면 '달님'은 부부의 거리를 좁혀 주는 매개체이자 남편을 어둠으로부터 지켜 주는 천지신명과도 같은 존재이지요.

어디에든 내려놓고 계시면 좋겠습니다.

아내는 남편이 무거운 짐을 내려놓고 어디에서든 편안히 쉴 수 있기를 바랍니다. 낮에는 길가의 나무 그늘에 앉아서 쉬다가 날이 어두워지면 아무 주막에라도 들어가 쉬었으면 좋겠다고 생각합니다.

님 가는 곳 저물까 두렵습니다.

남편을 생각하다 보니 아내의 걱정이 점점 더 커져 갑니다. 걱정
은 다른 걱정을 부르는 법입니다. 남편이 어두운 길을 걷다 길을
잃고 헤매고 있는 건 아닐지, 술집에서 짐을 다 빼앗기고 쫓겨나
는 건 아닐지 두려움이 자꾸 커져 갑니다. 남편이 잘못되기라도
하면 아내의 앞날 또한 힘들어질 것입니다.

차가운 밤공기를 맞으니 아내의 몸은 점점 더 쇠약해져 갑니다. 그럼에도 아내는 찬 바닥에 앉아 달에게 기도하기를 멈추지 않습니다. 날이 밝아 오려는 때, 아내는 결국 쓰러져 숨을 거두고 맙니다. 이후에 남편이 무사히 돌아왔는지는 전해지지 않지만 남편을 기다리다가 숨진 아내는 그대로 굳어 돌이 되었다고 전해집니다. 사람들은 그 돌을 남편을 기다리는 돌이라는 뜻으로 '망부석'이라 불렀습니다.

정읍사 이후에도 망부석에 대한 전설과 설화가 많이 전해지지만 그 시작은 바로 백제 정읍현에 살았던 행상인의 아내입니다.

정읍사(井邑詞)

작자 미상

돌하 노피곰 도드샤

어긔야 머리곰 비취오시라

어긔야 어강됴리

아으 다롱디리

져재 녀러신고요

어긔야 즌 ᄃᆡ를 드ᄃᆡ욜셰라

어긔야 어강됴리

어느이다 노코시라

어긔야 내 가논ᄃᆡ 졈그롤셰라

어긔야 어강됴리

아으 다롱디리

'정읍사'는 현재 전해져 내려오는 백제의 유일한 노래입니다. 훈민정음으로 기록된 가장 오래된 작품이기도 하지요.

이 작품은 후렴구를 제외하면 3장 6구의 형식을 보이기 때문에 '3장 6구 45자'로 형식이 정형화되는 시조의 원형으로 알려져 있습니다. 또한 우리 민족의 설화와 문학 작품에서 많이 볼 수 있는 망부석 설화의 원조 격이기도 합니다.

 핵심 정리

- 형식: 고대 가요, 서정시
- 연대: 백제 시대
- 출전: 『악학궤범』
- 성격: 서정적, 기원적
- 주제: 남편의 무사함을 기원하는 여인의 마음
- 의의: 현전하는 유일한 백제 가요, 시조의 원형으로 알려진 작품, 한글로 기록된 가장 오래된 작품

향가는 신라 시대부터 고려 초까지 창작된 시 문학입니다. 한자의 음과 뜻을 빌려 국어 문장을 적는 표기법인 향찰로 기록되었으며, 그 해독이 난해하여 일제 강점기에 들어서야 양주동 등의 우리 학자와 몇몇 일본 학자들에 의해 연구되기 시작했습니다. 향찰의 표기법이 어려웠기 때문에 창작자는 일부 지식인에 한정되었으며, 현재 전해지는 향가 작품은 『삼국유사』에 14수, 『균여전』에 11수, 『장절공신선생실기』에 1수로 총 26수가 남아 있을 뿐입니다.

향가의 형식은 4구체, 8구체, 10구체 등 3가지로 나뉘며 10구체 향가는 형식과 내용의 수준이 가장 높은 작품으로 '사뇌가'라 불리기도 합니다. 10구체 향가의 형식상 가장 큰 특징은 9행의 첫 어절에 나오는 감탄사입니다. 이러한 특징은 후에 고려 가요에도 영향을 주었습니다. 대표적인 10구체 향가로는 '제망매가'와 '찬기파랑가'가 있으며 '안민가'는 불교 국가였던 신라에서 기록으로 전해지는 유일한 유교적 성격의 노래입니다.

제2장

향가

서동요

서동(백제 무왕)

공주님이 몰래 사랑한 남자

평강공주와 바보온달 이야기를 한 번쯤은 들어 보았을 겁니다. 고구려의 공주 평강이 바보로 소문난 온달과 결혼해서 온달이 훌륭한 장군이 되도록 도왔다는 유명한 이야기입니다. 신분을 뛰어넘는 사랑 이야기는 옛날이나 지금이나 언제 들어도 재미있지요.

고구려에 평강공주와 바보온달의 러브 스토리가 있다면 신라에는 선화공주와 서동의 이야기가 전해집니다. 신라 궁궐에서 지내던 선화공주와 백제에서 마를 캐어 팔던 서동이 어떻게 만날 수 있었을까요? 모든 것의 시작은 짧은 노래였답니다.

서기 600년경 삼국 시대, 백제 수도 부여의 남쪽 큰 연못가에 이름이 장章인 청년이 어머니와 단둘이 살고 있었습니다. 장은 근처에 많이 나는 마를 캐어 팔면서 생활했기 때문에 사람들에게 서동薯童이라고 불렸습니다.

서동은 연못에 사는 용과 어머니가 사랑을 하여 낳았다고 전해지는데, 어릴 때부터 풍채가 뛰어나고 성격이 호탕하며 뜻과 기상이 높았습니다. 어느덧 장가갈 나이가 가까워진 서동은 신라 진평왕의 셋째 공주 선화가 천하의 미인이라는 소문을 듣게 됩니다. 성격이 호탕하고 두려움이 없던 장은 선화공주에게 장가를 가기로 마음을 먹었습니다.

당시 백제와 신라는 영토가 맞붙어 있어서 자주 전쟁을 벌이곤 했습니다. 신라는 불교 국가였기 때문에 스님의 모습이라면 무사히 신라 땅에 도착할 수 있을 거라 생각한 서동은 머리를 스님처럼 깎고 캐어 놓은 마를 보따리에 가득 넣고는 신라의 수도 서라벌로 떠났습니다.

서라벌에 도착한 서동은 사람이 잘 다니지 않는 한적한 뒷골목에 아이들을 모아 마를 주면서 자신이 만든 노래를 가르쳤습니다. 아이들은 마를 얻어먹는 재미에 서동이 가르쳐 준 대로 노래를 따라 불렀지요. 아이들은 노래가 재미있어 자기들끼리 모여 놀면서도 서동이 가르쳐 준 노래를 불렀는데, 어른들은 그 노래를 들으면 굉장히 화를 내었습니다. 과연 무슨 내용이었기에 어른들이 그런 반응을 보였을까요?

선화공주님은
남몰래 시집가서

서라벌의 가장 깊은 곳, 왕실에 사는 귀한 신분인 선화공주가 남몰래 시집을 갔다니 감히 공주님에 대해 이렇게 발칙한 노래를 지어 부른 서동의 배짱이 대단하게 느껴집니다. 서동은 이 정도는 되어야 신라 사회가 발칵 뒤집어지고 선화공주와 결혼하려는 자신의 계획이 성공할 것이라고 생각했나 봅니다. 게다가 이 노래에서 선화공주는 밤이면 궁궐에서 몰래 나와 서동을 안고 간다고 합니다. 어때요? 이 정도면 서라벌 최대의 스캔들이라 할 만한가요?

서동 서방을
밤이면 몰래 안고 간다.

어른들이 아무리 쉬쉬하여도 아이들이 '선화공주가 밤마다 몰래 서동을 만나 정을 통한다'는 노래를 부르고 다니는 바람에 서라벌 백성들 사이에 서동의 노래가 유행하게 되었습니다. 많은 사람들이 노래의 내용에 대해 수군거리기 시작하자 결국 궁궐에까지 노래가 알려지게 되었고 마침내 진평왕의 귀에도 이 노래가 전해졌습니다. 고귀한 신분의 공주가 밤마다 남자를 만나러 다닌다는 이야기에 진평왕은 "얼마나 자주 이런 일이 있었기에 백성들이 이런 노래를 부르고 다닌다는 말이냐!" 하며 불같이 화를 냈습니다.

진평왕은 아끼고 사랑하던 선화공주를 먼 곳으로 귀양 보내라는
명령을 내리고 맙니다. 왕비 마야부인은 쫓겨나는 선화공주에게
몰래 황금 덩이를 주며 "어디가 되었든 자리를 잡는 대로 연락을
하라"고 말하고는 눈물을 흘리며 공주와 이별했습니다.

선화공주는 궁녀 한 명만을 데리고 귀양지로 떠났습니다. 서동의 노래 때문에 고귀한 공주의 신분에서 멀리 귀양 가는 처지가 되어 버린 겁니다. 서동은 선화공주가 궁을 나오면서부터 뒤따르다 어느 곳에 다다르자 갑자기 공주 앞에 나타나 절을 하며 앞으로 공주를 모시겠다고 했습니다. 아무 잘못도 없이 궁에서 쫓겨난 공주가 얼마나 외롭고 서러웠을까요. 선화공주는 키가 훤칠하고 늠름하게 생긴 서동을 보고는 든든한 마음에 곁에 두었습니다. 공주와 귀양지로 향하는 길에 서동은 자신이 백제인이라는 것과 어머니와 함께 연못가에 살고 있다는 것, 그리고 자신이 연못에 사는 용의 아들이라는 사실 등을 이야기했습니다. 궁에서 자라 서동의 이야기가 신기했던 공주는 시간 가는 줄 모르고 즐겁게 이야기를 나누면서 서서히 서동에게 마음을 주게 되었습니다.

공주는 서동과 함께 밤을 보내고 난 뒤에야 서동이 노래의 주인공이었음을 알게 되었습니다. 노래의 영험한 힘을 믿은 공주는 서동을 따라 백제로 향했습니다.

선화공주와 서동은 백제에 도착하여 함께 살게 되었습니다. 선화공주가 마야부인에게 받은 금덩어리를 내놓으며 살림에 보태자고 하니 서동은 무엇이 우스운지 껄껄대며 물었습니다.

"허허, 그 돌멩이로 무엇을 한단 말입니까?"

"이것은 황금이며 이것으로 대단한 부를 이룰 수 있습니다."

"내가 마를 캐던 곳에 가면 이런 것이 산더미처럼 쌓여 있습니다."

공주는 그 말을 듣고 크게 놀라 말했습니다.

"황금은 대단한 보물이니 이것이 있는 곳을 아신다면, 이 보물을 부모님이 계신 궁전에 보내는 것이 어떻겠습니까?"

과연 그곳에 도착하자 황금이 산더미처럼 쌓여 언덕을 이루고 있었습니다. 서동이 한 스님을 찾아 황금 더미를 신라 궁궐로 옮길 방법을 물으니 스님은 신통력으로 하룻밤 만에 궁궐로 금을 옮겼습니다. 진평왕은 크게 기뻐하며 서동에게 자주 글을 보내 안부를 물었습니다.

서동은 선화공주의 도움으로 담대한 성격과 신비한 능력을 발휘하여 백제 사람들의 믿음을 얻어 마침내 왕위에 오르게 됩니다. 이 서동이 바로 백제 30대 무왕입니다. 하루는 왕과 왕비가 용화산 아래의 큰 연못가를 지나는데 미륵 부처님 세 명이 스르르 솟아올랐습니다. 이에 왕비가 이 자리에 절을 지어 부처님을 모시자고 하니 왕이 허락하여 정성을 다해 화려한 절을 짓고 미륵 삼존불을 세웠습니다. 이 절이 지금의 전라북도 익산시에 있는 미륵사입니다.

서동요(薯童謠)

서동(백제 무왕)

선화공주님은
남몰래 시집가서
서동 서방을
밤이면 몰래 안고 간다.

(원문)

善化公主主隱 (선화공주주은)
他密只嫁良置古 (타밀지가량치고)
薯童房乙 (서동방을)
夜矣 卯乙抱遣去如 (야의묘을포견거여)

'서동요'는 향가 중에서도 문학성이나 작품성과는 별개로 설화로 인해 유명해진 작품입니다. 『삼국유사』에 서동요와 함께 관련 설화가 전해지지요. 서동요는 참요적 성격을 띠고 있는데요. 참요讒謠란 시대 상황이나 정치적 분위기를 암시하는 노래를 부르는 말입니다. 설화에 따르면 이 노래가 신라 사회에 유행하게 되면서 평민이던 서동이 공주를 아내로 맞았으니, 하층민의 강한 신분 상승 욕구가 노래에 반영되었다고 할 수 있습니다.

『삼국유사』에 실려 있는 서동 설화에는 선화공주와 무왕이 미륵사를 지었다고 나와 있습니다. 그런데 2009년, '금제사리봉안기'라는 유물이 발견되면서 미륵사를 지은 무왕의 왕후가 선화공주가 아닌 백제의 귀족 가문 사택씨라는 설이 제기되었습니다. 어느 쪽이 실제 역사인지는, 학자들 사이에서도 의견이 분분합니다.

 핵심 정리

- 형식: 4구체 향가
- 연대: 신라 진평왕 때
- 출전: 『삼국유사』
- 성격: 참요적, 민요적, 주술적, 풍자적
- 주제: 선화공주와 서동의 은밀한 사랑
- 의의: 최초의 4구체 향가

모죽지랑가

꽃보다 아름다운 화랑도의 의리

득오

신라에는 꽃보다 아름다운 남자들이 모인 국가 단체 화랑도가 있었습니다. 널리 좋은 인재를 구하고 싶었던 진흥왕이 전에 있던 청소년 단체를 국가 조직으로 개편한 것이지요. 용모와 무예 실력, 학문이 뛰어난 귀족 가문 출신의 화랑을 중심으로 그를 따르는 수천 명의 낭도들이 모여 화랑도가 만들어졌습니다. 그들은 춤과 노래를 배우며 나라에 충성을 다하여 백성들의 본보기가 되었습니다.

화랑과 낭도들은 서로 우정과 신의가 아주 두터웠다고 합니다. '모죽지랑가'는 낭도 득오와 화랑 죽지랑의 끈끈한 의리를 보여 주는 작품입니다.

죽지랑은 김유신을 도와 신라의 삼국통일에 큰 공을 세우고 네 임금에 걸쳐 재상*을 지내며 나라를 안정하게 한 신라의 화랑입니다. 그는 자신을 따르는 낭도들을 지극히 아꼈습니다. 죽지랑이 젊은 시절 많은 낭도를 거느리던 때, 득오라는 이름의 낭도가 있었습니다. 득오는 재물을 지나치게 밝히는 아간** 벼슬의 익선이라는 자에게 밉보이는 바람에 부산성의 창고지기로 임명되어 죽지랑과 작별 인사도 나누지 못하고 급히 떠나게 되었습니다.

항상 성실하게 매일 출근하던 득오가 말도 없이 열흘 정도 훈련에 불참하자 죽지랑은 다른 낭도들과 함께 득오의 집에 찾아갔고, 득오의 어머니에게 그간의 사정을 듣게 됩니다. 죽지랑은 화랑도의 일원인 득오에 대한 의리로 낭도들에게 득오가 있는 부산성에 갈 것을 제안했고 죽지랑을 믿고 따르던 137명의 낭도들이 득오를 보기 위해 부산성으로 길을 떠났습니다.

죽지랑과 낭도들이 길을 떠난 지 얼마 후, 부산성의 곡식 창고에 다다랐습니다. 죽지랑과 낭도들이 오는 것을 꿈에도 모르고 있던 득오는 익선의 명령으로 땀을 흘리며 창고를 정리하고 있었습니다. 사람들의 발소리가 들리자 그쪽으로 눈을 돌린 득오는 백 명이 넘는 낭도들과 그 앞에서 걸어오는 죽지랑을 보고는 놀라 그 자리에서 굳어 버렸습니다.

---

*   임금을 도와 관료들을 지휘하고 감독하던 벼슬.
**   신라의 골품제에 따른 벼슬의 하나. 17 관등 가운데 여섯째 등급.

죽지랑은 놀란 기색이 역력한 득오에게 다가가 어깨에 손을 얹고는 아는 사람 하나 없이 부산성에서 홀로 힘든 시간을 보냈을 득오를 진심으로 위로했습니다. 득오는 멀리서 자신을 찾아와 준 죽지랑과 여러 낭도들에게 깊이 고마움을 느꼈고, 절대 이 순간을 잊지 않겠노라고 마음속으로 다짐했습니다.

득오와 죽지랑, 그리고 낭도들은 그간의 회포를 풀기 위해 휴가를 요청하러 익선을 찾아갔습니다. 죽지랑의 요구를 들은 익선은 그 요청을 절대 들어줄 수 없다고 말하며 은근히 뭔가를 바라는 듯 말끝을 흐렸습니다. 죽지랑 일행은 가진 돈을 다 털어 술과 음식을 장만해 온 터라 익선에게 줄 만한 것이 없었습니다. 익선의 파렴치한 태도에 화가 났지만 죽지랑 일행은 어찌할 방법이 없어 곤란할 따름이었습니다. 그때 마침 세금을 걷어 부산성으로 들어가던 간진이라는 사람이 죽지랑과 익선의 대화를 듣고는 화랑도의 의리에 감명을 받아 옆에서 계속 지켜보고 있었습니다. 익선의 고집에 곤란해하는 죽지랑 일행을 보다 못한 간진이 중간에 끼어들었습니다.

"제가 우연히 들으니 여기 화랑과 낭도들의 우애가 너무도 아름다워 그냥 지나치기가 어렵습니다. 이분 화랑께서 미처 아간께 드릴 성의를 준비하지 못하신 것 같으니 제가 대신하면 어떻겠습니까? 가진 건 별로 없으나 이번에 거둔 조 서른 가마를 대신 받으시고 저 낭도에게 잠깐 말미를 주시는 것이 좋을 듯합니다."

간진은 미소를 지으며 계속 말했습니다.

"이렇게 되면 이분 화랑과 낭도들은 회포를 풀어 좋고, 익선께는
생각지도 않던 곡식이 생겨서 좋고, 저는 좋은 일 했다는 생색을
내어 좋으니 모두에게 좋은 일이 아니겠습니까?"

본디 성품이 탐욕스러웠던 익선은 속으로 이게 웬 떡이냐며 좋아
하면서도 곤란한 척을 하고 머리를 굴리며 이리저리 살피다 간진
이 타고 온 말의 안장을 보고는 답했습니다.

"저 말의 안장을 같이 준다면 득오에게 휴가를 줄 수 있겠소."

간진은 호탕하게 웃으며 그러겠다고 했고 조 서른 가마와 말안장
을 받은 익선은 득오에게 사흘의 휴가를 내어 주었습니다.

간진의 도움으로 죽지랑과 득오, 그리고 낭도들은 그동안 쌓인 이야기를 나눌 수 있었습니다. 후에 서라벌과 신라 궁궐에까지 죽지랑과 득오의 이야기가 전해졌습니다. 왕은 익선을 괘씸하게 여겨 탐욕과 더러움을 씻기고자 그를 잡아들이라고 명령했으나 이미 도망가고 없었습니다. 그러자 그 아들을 대신 잡아 와서 한겨울에 연못에서 목욕을 하게 했더니 얼어 죽었다고 합니다. 왕은 정의로운 간진에게도 높은 벼슬을 내려 치하했습니다.

그 후 오랜 시간이 지나 신라가 김유신, 죽지랑 등의 공으로 삼국을 통일했습니다. 죽지랑은 삼국통일 이후 그 공을 인정받아 여러 임금 밑에서 재상을 지내고 나서 죽음을 맞이했습니다. 죽지랑과 뜻을 같이했던 득오와 여러 낭도들은 죽지랑의 부고를 듣자 추모하기 위해 모두 함께 젊었던 시절의 화랑도 복장을 하고 죽지랑의 집으로 갔습니다. 화랑도 복장은 청소년 시절에만 하는 것이지만 죽지랑을 우두머리로 모셨던 낭도들은 중년의 나이임에도 끈끈한 의리를 나눴던 시절을 추억하며 죽지랑을 추모하기로 한 것입니다.

낭도들 중에서도 죽지랑과 특별한 인연이 있던 득오는 죽지랑의 위패 앞에 서서 슬픔에 찬 얼굴로 말했습니다.

"저희가 왔습니다. 젊은 날 죽지랑께서 이끌어 주시던 낭도들이 왔습니다. 137명의 낭도를 이끄시고 수백 리 길을 달려오신 그 모습을 이 득오가 어찌 잊을 수 있겠습니까? 당당하고 다정하시던 그 모습이 아직도 눈에 선한데, 어찌 병풍 뒤에 누우셨단 말입니까? 그때 그 은혜를 잊지 못하는 득오가 노래를 지어 죽지랑께 바치오니, 죽지랑께서는 득오의 마음을 받아 주시옵소서."

득오는 손에 말아 쥔 종이를 펼치며 추모의 글을 읊었습니다.

간 봄 그리워함에
모든 것이 울며 시름하는구나.

시의 첫 부분에서 득오는 봄꽃이 화사하게 핀 경치를 생각하며 젊은 날 죽지랑과 함께하던 즐거운 때를 떠올립니다. 그러나 아름답게 핀 꽃은 지기 마련이고 젊은 날 신라를 호령하던 죽지랑도 나이가 들어 죽음을 맞았습니다.

아름다움을 나타내신 얼굴에
주름살이 지려 하는구나.

꽃이 피던 봄에서 겨울로, 계절이 순식간에 지나가는 것처럼 화랑 시절 아름다운 용모를 자랑하던 죽지랑의 모습은 이제 없습니다. 나이가 든 죽지랑은 젊었을 때보다 더욱 당당하고 위엄찬 모습이지만 얼굴엔 숨길 수 없는 주름살이 보입니다.

'주름살이 지려 하는구나'라는 구절은 유의하여 보아야 합니다. '주름이 진다'는 말은 일반적으로는 나이가 들었다는 뜻이지만 '모죽지랑가'에서 주름살은 죽음을 의미하기도 합니다.

다음 장의 시구 '눈 깜짝할 새에 만나게 된다'를 '낭도들이 죽은 후에 죽지랑을 다시 만난다'고 해석한다면 '주름살'은 죽음의 의미와 더 가까워집니다. 이 문맥은 마지막 시구인 '다북쑥 마을'에서 다시 만나자는 해석과도 의미가 이어집니다.

눈 깜짝할 사이에
만나 뵙게 되고자

눈 깜짝할 사이에 흘러간 세월이 야속하지만 득오는 그 옛날 자신을 도우러 부산성까지 찾아와 준 죽지랑과의 신의를 잊지 않겠노라 다짐했고 중년의 나이가 되어 위패 앞에 서 있습니다.
익선의 억지와 횡포를 당하며 고귀한 신분임에도 자신을 위해 고개를 숙이며 부탁하던 죽지랑과 137명의 낭도는 죽음을 앞에 두고 그들의 의리를 지키고 있습니다.

낭이여, 그리운 마음이 가는 길에
다북쑥 마을에 잘 밤 있으리.

지금은 죽지랑을 먼저 보내고 이렇게 가슴 아픈 이별을 하지만 언젠가 다북쑥이 우거진 무덤가에서 그들은 다시 만날 것입니다. 그때가 되면 죽지랑과 낭도들은 화랑 시절의 좋았던 추억을 생각하며 껄껄 웃을 겁니다. 죽지랑을 추모하는 득오의 노래는 이렇게 끝을 맺습니다.

모죽지랑가(慕竹旨郞歌)

득오

간 봄 그리워함에
모든 것이 울며 시름하는구나.
아름다움을 나타내신
얼굴에 주름살이 지려 하는구나.
눈 깜짝할 사이에
만나 뵙게 되고자
낭이여, 그리운 마음이 가는 길에
다북쑥 마을에 잘 밤 있으리.

(원문)

去隱春皆理米 (거은춘개리미)
毛冬居叱沙哭屋尸以憂音 (모동거질사곡옥시이우음)
阿冬音乃叱好支賜烏隱 (아동음내질호지사오은)
兒史年數就音墮支行齊 (모사년수취음타지행제)
目煙廻於尸七史伊衣 (목연회어시칠사이의)
逢烏支惡知乎下是 (봉오지악지호하시)
郞也慕理尸心未行乎尸道尸 (낭야모리시심미행호시도시)
蓬次叱巷中宿尸夜音有叱下是 (봉차질항중숙시야음유질하시)

'모죽지랑가'는 낭도 득오가 화랑 죽지랑을 애도하여 지은 향가로『삼국유사』권2 효소왕 대에 관련 설화와 함께 실려 있습니다. '모죽지랑가' 설화로 화랑들의 변치 않는 아름다운 의리를 읽어 낼 수 있고 창작 당시 화랑의 사회적 지위에 대해서도 추측할 수 있습니다.

신라 시대 내내 화랑과 화랑도는 많은 사람들에게 존경과 절대적 신뢰를 받은 위엄 있는 국가 조직이었습니다. 김유신 등이 삼국통일을 이루는 데 크게 기여하기도 했지요. 그런데 신라가 삼국을 통일하고 왕권이 약해지면서 화랑은 그 위엄과 세력을 점점 잃게 됩니다. 진골 출신의 화랑 죽지랑이 6등급 벼슬 아간에게 아무런 힘을 쓰지 못하는 모습을 보면 화랑의 권위가 많이 떨어졌다는 것을 추측할 수 있습니다.

 핵심 정리

- 형식: 8구체 향가
- 연대: 신라 효소왕 때
- 출전:『삼국유사』
- 성격: 추모적, 찬양적, 회고적, 서정적
- 주제: 죽지랑의 인품 찬양, 죽지랑의 죽음에 대한 추모의 정
- 의의: 주술성이나 종교적 색채 전혀 없이 순수한 서정을 노래함, 신라 화랑의 세계관을 잘 보여 줌

도솔가

하늘에 뜬 두 개의 해

월명사

신라 경덕왕 19년 4월 첫째 날, 하늘에 두 개의 해가 떠올랐습니다. 열흘이 지나도록 사라지지 않자 경덕왕은 천문을 관측하여 길흉을 점치던 일관을 불러 어찌된 일인지 물었습니다. 일관이 말했습니다.

"인연이 있는 중을 부르시어 꽃을 뿌리는 정성을 드리면서 부처님께 글을 지어 올리면 재앙을 물리칠 수 있을 것입니다. 마땅히 부처님을 위한 단을 짓고 산화공덕散花功德*을 베푸는 것이 방안이라 생각되옵니다."

왕은 일관의 견해에 따라 조원전이라는 건물 앞에 단을 짓고 궁궐 밖이 내다보이는 청양루에 앉아 인연이 있는 스님이 나타나기를 기다렸습니다.

* 부처에게 꽃을 뿌려 공덕을 기리는 행위.

왕과 신하들이 스님을 기다린 지 얼마 되지 않았을 때, 궁궐 남쪽
의 밭두렁을 걸어가는 스님이 있었습니다. 내관 한 명이 스님에게
사정을 이야기한 뒤 왕에게 데려왔고, 왕은 스님의 이름을 물었습
니다. 월명사라는 이름을 듣자 왕은 그가 당시 향가를 잘 짓기로
유명한 스님이라는 것을 알고 틀림없이 인연이 있는 사람이라 생
각하여 부처님을 위한 글을 지어 달라 부탁했습니다.

"소승은 부처님께 올리는 계*는 잘 못하며, 그저 향가나 좀 지을
줄 압니다."

"이미 인연이 있는 스님이니 향가라도 괜찮소. 나라에 우환이 깊
으니 스님의 향가로 이 나라의 평안을 기원해 주시구려."

왕의 부탁을 들은 월명사가 곤란하여 거절하려 했지만 왕이 다시
간절하게 부탁하자 정성을 다해 향가를 지어 올리기로 했습니다.

＊ 웃사람에게 올리는 글.

불단 앞에 자리를 잡은 월명사는 호흡을 가다듬었습니다. 월명사의 머리 위로 여전히 두 개의 해가 떠 있고, 불단 앞의 상에는 여러 가지 아름다운 꽃잎이 담겨 있습니다.

월명사는 한동안 눈을 감고 깊은 생각에 잠겨 있다가, 마침내 눈을 뜨고는 양손에 꽃잎을 가득 쥐고 향가를 읊기 시작했습니다.

오늘 이에 산화가를 불러
뿌리오는 꽃아, 너는

곧은 마음의 명을 받아

산화공덕은 불교에서 덕을 받는 대상에 대한 최고의 찬사입니다. 월명사는 산화공덕의 예를 갖추기 위해 두 손 가득 꽃잎을 쥐었습니다.

이윽고 마음을 가다듬은 월명사가 '뿌린다'는 시구를 읊는 동시에 머리 위로 꽃을 뿌렸습니다. 던져진 꽃잎은 어찌된 일인지 밑으로 바로 떨어지지 않고 월명사의 주위를 맴돌고 있습니다. 경덕왕과 주변 사람들은 신비한 광경에 놀라움을 금치 못했습니다. 꽃잎이 날아오르는 모습에도 월명사는 고요한 모습으로 자세를 흐트러뜨리지 않고 조용히 향가를 읊었습니다. 시구를 읊은 월명사는 꽃을 뿌린 손을 모으며 공손한 자세로 합장했습니다.

미륵 좌주 뫼시어라.

월명사의 정성이 통했는지 공중으로 날아오른 꽃잎 사이로 가부
좌를 튼 미륵불의 모습이 후광처럼 나타났습니다. 마치 월명사가
부처님이 된 것처럼 보였고 성스러운 분위기가 주위를 감쌌습니
다. 부처님이 산화공덕의 정성을 받아들인 것입니다.

왕과 신하들은 신비한 광경에 놀라고 감격하여 월명사와 부처님
을 향해 합장하며 경의를 표했습니다. 월명사는 주변의 소란을 아
는지 모르는지 가부좌한 자세를 흐트러뜨리지 않고 두 눈을 지긋
이 감고 입가에 희미한 미소를 띨 뿐이었습니다.

곧이어 두 개의 해가 서서히 하나로 합쳐지기 시작했습니다. 얼마 지나지 않아 두 개의 해는 완전히 하나로 합쳐졌습니다. 다시 하나가 된 해를 보며 그동안 두 개의 해 때문에 고민하던 경덕왕은 기뻐하며 신하에게 명했습니다.

"드디어 오늘 월명사 덕분에 나라의 우환이 사라졌으니 짐의 마음이 참으로 기쁘다. 부처님께 정성을 다해 공덕을 드려 일을 해결한 공이 크니 궁에서 가장 좋은 차와 수정으로 만든 염주를 내리도록 하라."

곧 한 신하가 차와 염주를 들고 왔는데, 이때 모습이 귀엽고 깨끗하게 차려입은 동자가 나타나 차와 염주를 받아 들고는 아무 말 없이 대궐 서쪽의 작은 문으로 나갔습니다. 월명사는 동자가 궁궐에서 심부름을 하는 아이인 줄 알았고 왕과 신하들은 월명사가 데리고 다니는 동자승인 줄 알았습니다. 하지만 주변에 물어보니 아무도 모르는 아이였습니다.

왕이 아차 싶어 신하들에게 동자의 행방을 찾게 했습니다. 잠시 후 신하들이 돌아와 경덕왕에게 아뢰었습니다.

"동자는 내원의 탑 속으로 들어가 사라져 버렸고, 차와 염주는 남쪽의 미륵상 벽화 앞에 있습니다."

동자는 미륵보살의 현신이었습니다. 월명사의 지극한 덕과 정성이 미륵보살을 감동시켰던 것이지요. 이 일은 이후 왕실과 세간에 널리 퍼져 신라에서는 이를 모르는 사람이 없었습니다. 왕은 월명사를 더욱 공경하여 비단 백 필을 주어 큰 정성을 표했습니다.

도솔가(兜率歌)

월명사

오늘 이에 산화가를 불러
뿌리오는 꽃아, 너는
곧은 마음의 명을 받아
미륵 좌주 뫼시어라.

(원문)

今日此矣散花唱良巴 (금일차의산화창량)

寶白乎隱花良汝隱 (파보백호은화량여은)

直等隱心音矣命叱使以惡只 (직등은심음의사이악지)

彌勒座主陪立羅良 (미륵좌주배립나량)

월명사는 신라 경덕왕 때의 승려로 학식이 높고 향가를 잘 지었다고 합니다. 경덕왕 19년에 두 개의 해가 나타나 열흘 동안 사라지지 않은 이상한 일이 일어났을 때 왕이 월명사를 불러 짓게 한 '도솔가'와 '제망매가'가 『삼국유사』를 통해 전해집니다.

　　해를 왕에 빗대어 표현하는 것은 동양 문학의 전통적인 표현 기법입니다. 그렇다면 '도솔가'의 두 개의 해는 두 명의 왕을 의미하겠지요. 이는 왕권에 도전하는 세력이 나타났음을 암시합니다. 권력 싸움이 일어나면 당연히 사회적으로는 혼란스러울 수밖에 없습니다. 따라서 경덕왕이 월명사에게 향가를 짓게 한 행위는 사회의 혼란을 조정하고 집단의 안녕을 기리기 위한 것이라 할 수 있습니다. 불교의 힘을 빌려 나라가 평안하기를 기원한 것이지요.

 핵심 정리

- 형식: 4구체 향가
- 연대: 신라 경덕왕 19년(760년)
- 출전: 『삼국유사』
- 성격: 불교적, 주술적
- 주제: 산화공덕으로 나라의 우환을 없애고자 함
- 의의: 종교와 주술의 힘을 통해서 나라를 안정시키려 했던 당시의 사상이 드러남

제
망
매
가

낙엽처럼 가 버린 동생에게

월명사

신라 경덕왕 때의 승려 월명사는 불도^{佛道}와 사뇌가라 불리는 10구체 향가를 짓는 데 능하여 신라 전역에 이름을 떨치고 있었습니다. 월명사에게는 홀어머니와 어린 여동생이 있어서 출가 후에도 집 근처를 지날 때마다 종종 들러 가족을 보고 가곤 했습니다. 특히 월명사는 어린 여동생을 안쓰럽게 여기고 귀여워하여 가난한 승려의 몸임에도 불구하고 여동생이 좋아하는 월병이라는 중국 과자를 사다 주곤 하였습니다. 이런 월명사를 여동생은 매일매일 손꼽아 기다렸습니다.

어느 날 월명사가 월병을 사서 집에 들렀을 때, 여동생이 알 수 없는 병에 걸려 시름시름 앓고 있었습니다. 여동생은 말을 하기 힘들 정도로 병이 깊었으나 그 원인을 알지 못했고, 집안 형편이 어려웠기 때문에 변변한 약도 쓰지 못하고 있었습니다. 월명사가 아이의 병에 대해 묻자 어머니가 말했습니다.

"아이고, 스님, 말도 마시게나. 얼마 전부터 몸이 안 좋더니 이제는 아예 자리에 누워서 일어나지를 못한다네. 막내야, 네가 그렇게 찾던 오라버니가 왔다. 어서 눈 좀 떠 봐라."

그러자 오라버니라는 말을 들은 여동생이 힘들게 눈을 뜨고는 간신히 말을 합니다.

"어…… 오라버니?"

"그래, 막내야. 오라버니다."

여동생은 눈물을 글썽이며 힘없는 목소리로 투정합니다.

"나 이렇게 아픈데 왜 이제야 온 거야…… 오라버니 미워!"

월명사가 오기 전엔 말도 못 하던 동생이 월명사를 보고는 그래도 안간힘을 다해 말합니다.

"오라버니."

"그래, 막내야."

"나, 오라버니가 오니까 좋아."

숨이 찬 누이동생의 말이 중간중간 끊어집니다.

"오라버니가 향가 잘 짓는다고 동네 어른들이 그랬어…… 임금님도 오라버니한테 꼼짝 못 한대."

"그랬어? 우리 막내가 별걸 다 아네? 얼른 일어나서 건강해져야 오라버니 향가도 듣고 그러지. 응?"

월명사의 말을 듣던 누이동생은 눈빛이 흐려지며 앞이 안 보이는 듯 손을 내젓습니다.

"응. 근데…… 오라버니가 잘 안 보여. 너무 깜깜해…… 오라버니……?"

어머니와 월명사가 깜짝 놀라 다가섭니다.

"막내야, 왜 이러냐. 눈 좀 떠 봐라, 막내야!"

누이동생은 마지막 힘을 내는 듯 제법 또렷하게 말합니다.

"오라버니, 나 죽으면 극락에 보내 줘야 돼. 오라버니는 스님이니까 할 수 있지? 나, 지옥 너무 무섭단 말이야."

투정 섞인 부탁을 한 누이동생은 이제 힘이 다한 것 같습니다.

"……오라버니, 나 졸려…… 너무 조……"

여동생은 그렇게 월명사와 어머니의 품속에서
짧은 생을 마쳤습니다.

한밤중, 구름이 잔뜩 끼어 달도 보이지 않는 산속 깊은 곳에 자리 잡은 한 칸짜리 작은 암자가 있습니다. 월명사가 기거하는 곳입니다. 월명사는 속세를 떠난 스님이지만 너무 빨리 세상을 떠난 누이가 안쓰럽고 불쌍합니다. 월명사는 어린 누이가 숨을 거두며 극락에 보내 달라고 했던 유언을 지키기 위해 암자에서 재 를 올리고 누이의 명복을 위한 시를 읊습니다.

'막내야, 부처님을 모신다는 내가 너를 위해 해 줄 것이 재를 올리고 네가 듣고 싶어 하던 향가를 짓는 것밖에 없구나. 이 지전 으로 너의 극락 가는 길 노자를 하고, 네가 좋아하던 월병으로 양식 하려무나.'

※ 죽은 이의 명복을 빌기 위하여 부처에게 올리는 공양.
※※ 돈 모양으로 오린 종이. 죽은 사람이 저승 가는 길에 노자로 쓰라는 뜻으로 관 속에 넣는다.

생사의 길은

여기 있으매, 머뭇거리며

월명사의 눈앞에 어린 누이가 밝게 웃으며 건강하게 뛰어노는 모습과 병색이 짙은 누이가 누워 있는 모습이 겹쳐 지나갑니다. 어제까지만 해도 밝은 웃음을 보이던 누이가 이제는 죽고 없습니다. 삶과 죽음의 길이 너무나 가까이 있습니다.

나는 간다는 말도
못다 이르고 어찌 가느냐?

자신이 월병을 사 올 때마다 언제나 반갑게 달려 나오던 누이동생의 모습이 아직도 생생한데 이제 다시는 볼 수 없습니다. 월명사는 세속의 희로애락을 잊어야 하는 승려의 신분이지만 지금 그는 어린 누이의 갑작스러운 죽음에 슬픔을 견디기 힘든 오라버니일 뿐입니다.

어느 가을 이른 바람에
이에 저에 떨어질 잎처럼
한 가지에 나고는
가는 곳을 모르겠구나.

나뭇가지에 일찍 나온 잎이 항상 먼저 떨어지는 것은 아닙니다. 한 가지에서 나온 잎이지만 떨어지는 때가 다른 것처럼 한 부모에 게서 태어난 형제자매라도 가는 날은 서로 다를 수밖에 없습니다. 이른 가을 바람에 허망하게 떨어지는 잎처럼 인간의 삶 역시 반드 시 나이 순으로 세상을 떠나는 건 아닙니다. 때를 모르는 죽음으 로 헤어져야 하는 게 인생이고 승려인 월명사도 누이동생이 죽음 후에 가는 곳을 알지 못하니 그저 답답하고 가슴 아플 뿐입니다.

아아, 미타찰에서 만날 나.
도 닦아 기다리겠노라.

불교에서 미타찰은 극락을 의미합니다. 죽음 후의 길을 모르지만 월명사에게는 어리고 순수했던 누이동생이 극락으로 향할 것이라는 강한 믿음이 있습니다.

때가 되면 월명사도 언젠가 죽음을 맞이할 것입니다. 그때가 오면 미타찰에 먼저 가 있는 누이와 만날 것을 믿으며 이승에서 불도를 닦으며 기다릴 것을 다짐합니다. 인간의 삶이 끝난 후에 극락에서 만나자는 약속은 속세의 아픔을 종교적 성찰로 승화하는 가장 승려다운 약속입니다.

월명사가 향가를 읊고 나자, 어디선가 바람이 불어와 앞에 있던 지전이 서쪽으로 날아갔다고 합니다. 서쪽은 누이동생이 가고 싶다던 극락이 있는 곳입니다. 월명사의 향가가 하늘을 움직여 여동생의 영혼을 극락으로 인도해 준 것이겠지요.

제망매가(祭亡妹歌)

월명사

생사의 길은
여기 있으매, 머뭇거리며
나는 간다는 말도
못다 이르고 어찌 가느냐?
어느 가을 이른 바람에
이에 저에 떨어질 잎처럼
한 가지에 나고는
가는 곳을 모르겠구나.
아아, 미타찰에서 만날 나.
도 닦아 기다리겠노라.

(원문)

生死路隱 (생사로은)

此矣有阿米次肹伊遣 (차의유아미차힐이견)

吾隱去內如辭叱都 (오은거내여사질도)

毛如云遣去內尼叱古 (모여운견거내니질고)

於內秋察早隱風未 (어내추찰조은풍미)

此矣彼矣浮良落尸葉如 (이의피의부량낙시엽여)

一等隱枝良出古 (일등은지량출고)

去奴隱處毛冬乎丁 (거노은처모동호정)

阿也, 彌陀刹良逢乎 (아야미타찰량봉호오)

吾道修良待是古如 (도수량대시고여)

'제망매가'는 작품 안에 작가의 인생관과 종교관이 절묘한 비유와 상징으로 세련되게 표현되어 문학성이 뛰어나다고 인정받는 향가의 대표작입니다. 또한 혈육의 죽음으로 인한 개인적인 감정을 불교적 믿음으로 초월하고 승화시켜 비장한 결의를 보여 주기도 합니다.

 핵심 정리

- 형식: 10구체 향가
- 연대: 신라 경덕왕 때
- 출전: 『삼국유사』
- 성격: 추모적, 애상적, 불교적
- 주제: 일찍 죽은 누이를 추모하며 명복을 빎
- 의의: 비유를 통해 고도의 서정성을 담아내었고 개인적 정서를 정제된 형식미를 통해 종교적으로 승화함, 현전 향가의 백미

찬기파랑가

왕에게까지 소문난 향가

충담사

'찬기파랑가'는 신라 35대 경덕왕 때 승려인 충담사가 지은 향가입니다. 다른 향가와 달리 작품과 관련된 구체적인 설화나 전설이 남아 있지 않습니다. 다만 『삼국유사』에 적힌 '안민가'의 배경 설화에 경덕왕이 "스님이 지은 '찬기파랑 사뇌가'의 뜻이 매우 높다는데 정말 그러하오?"라고 언급한 사실이 선해질 따름입니다.

'찬기파랑가'는 기파랑을 찬양하는 노래라는 뜻입니다. 기파랑은 역사와 야사에 언급되지 않은 인물로 그 행적을 알 수 없으며 기록상으로 충담사의 향가에만 등장하는 인물입니다. 어떤 이들은 불교 설화의 '기파'란 인물과 연결 짓기도 하지만 그 사실 여부는 알 수 없습니다. 기파랑의 존재에 대해서는 알려진 바가 없으나 기록을 통하여 알 수 있는 객관적 사실은 '찬기파랑가'가 당시 왕도 알고 있을 정도로 많이 알려진 작품이며, 경덕왕의 언급에도 나와 있듯 작품에 담긴 뜻이 고상하다는 것입니다. 비유와 묘사, 색채 대비 등 다양한 표현 기법을 사용하여 문학성이 뛰어난 향가로 손에 꼽히는 작품입니다.

열어젖히니
나타난 달이
흰 구름 좇아 떠가는 것이 아닌가?

바람에 구름이 걷히면서 달이 나타나고 있습니다. 어두운 밤을 밝혀 주는 달은 위대하거나 뛰어난 인물을 상징하는 경우가 많습니다. 다른 한편으로 달은 기파랑의 죽음을 슬퍼하며 허탈한 마음에 허망한 구름을 좇는 사람일 수도 있습니다. '달'은 이중적으로 해석할 수 있는 시어입니다.

'달'이 고결한 존재, 즉 기파랑이라면 흰 구름은 기파랑이 추구하는 높고 순결한 이상이라고 할 수 있습니다. 달이 기파랑의 죽음을 허탈해하는 화자라면 흰구름은 헛되고 허망한 것을 의미한다고 할 수 있습니다. 이 경우 '찬기파랑가'는 기파랑의 죽음으로 인한 인생의 무상함을 노래하는 시가 됩니다.

새파란 냇물에
기파랑의 모습이 있어라.

기파랑의 모습이 맑은 시냇물에 아른거립니다. 처음 시구에서 하늘 높이 떠 있는 달에 비유되었던 기파랑의 모습이 이제는 지상의 맑은 시냇물로 나타납니다. 화자는 하늘의 달처럼 높고 맑은 냇물처럼 깨끗한 기파랑의 인품을 찬양하고 있습니다.

일오 내 자갈밭에
낭이 지니시던
마음의 끝을 좇고 있노라.

냇물 아래에는 자갈이 가득 깔렸고 냇물의 끝 멀리에 높이 솟은 잣나무가 보입니다. 시냇물의 잔잔한 표면에 기파랑의 기상과 같이 우뚝 선 잣나무가 비칩니다. 자갈은 속성이 단단하고 둥그렇습니다. 화자는 기파랑의 강인하면서도 원만한 성격을 찬양합니다. 또한 화자는 둥글고 단단한 자갈 같은 기파랑의 성격과 높고 푸른 잣나무 끝과 같은 기파랑의 기상을 따르고 싶어 합니다.

아아, 잣 가지 높아
서리 모르시올 화랑의 우두머리시여.

서리는 기파랑의 높은 기상을 침범하는 존재입니다. 그러나 기파랑의 순결하고 높은 기상은 시련과 고통을 넘어서는 것입니다. 서리조차 범하지 못하는 기파랑의 절개는 잣나무의 푸른빛과 서리의 하얀빛의 색채 대비를 통해 더욱 강조됩니다.

작가는 이렇게 달, 흰구름, 시냇물, 조약돌, 잣나무 등 다양한 자연물에 빗대어 기파랑의 높고 순결한 기상을 찬양하고 있습니다.

찬기파랑가(讚耆婆郞歌)

충담사

열치매

나토얀 드리

힌구름 조초 떠가는 안디하

새파란 나리여히

기랑(耆郞)이 즈시 이슈라.

일로 나릿 지벽히

낭(郞)이 디니다샤온

무스미 ᄀᆞᆯ홀 좇누아져.

아으 잣ㅅ가지 노파

서리 몯누올 화반(花判)이여.

(원문)

咽嗚爾處米 (열오이처미)

露曉邪隱月羅理 (노효사은월라리)

白雲音逐于浮去隱安支下 (백운음축간부거은안지하)

沙是八陵隱汀理也中 (사시팔릉은정이야중)

耆郞矣兒史是史藪邪 (기랑의모사시시사수사)

逸烏川理叱磧惡希 (일오천이질적오희)

郞也持以支如賜烏隱 (낭야지이지여사오은)

心未際叱肹逐內良齊 (심미제질힐축내양제)
阿耶栢史叱枝次高支好 (아야 백사질지차고지호)
雪是毛冬乃乎尸花判也 (설시모동내호시화판야)

핵심 정리

- 형식: 10구체 향가
- 연대: 신라 경덕왕 23년(764년)
- 출전: 『삼국유사』
- 성격: 추모적, 예찬적
- 표현: 비유, 상징, 문답
- 주제: 기파랑의 높은 인품을 찬양함
- 의의: 향가 작품 중 '제망매가'와 더불어 문학성이 가장 높은 작품
  으로 평가됨

안민가

임금답게, 신하답게, 백성답게

충담사

경덕왕이 재위할 당시 통일 신라에는 많은 천재지변이 일어났고, 귀족들이 왕권에 도전하는 일이 잦아 사회가 불안정했습니다. 이렇게 사회가 혼란스러운 시기에 경덕왕은 그 해결책으로 종교를 찾았습니다. 월명사를 불러 불교적 가치관이 드러나는 '도솔가'를 짓게 했고, 충담사를 불러 '안민가'를 짓게 하여 유교적 사상을 널리 퍼뜨리려 했습니다.

이 두 노래는 개인의 감정을 노래하기보다는 공적 목적성이 강한 노래입니다. 나라가 태평해지기를 바라는 마음이 담겨 있다고 할 수 있습니다.

경덕왕은 왕권을 강력하게 만들기 위해 지방의 이름을 바꾸고 관리들을 감시하는 직위를 마련하는 등 많은 노력을 했습니다. 그러다 보니 오히려 귀족 세력의 반발이 더욱 심해졌지요. 고민에 빠진 왕은 얼마 전에 해가 두 개 뜨는 현상을 월명사의 도움으로 해결한 것을 기억해 내고는 이번 일도 훌륭한 승려의 도움을 받아 해결하려 합니다.

신하들의 압박에 고민하던 경덕왕은 3월 3일에 신하들을 귀정문의 다락으로 불러 모았습니다. 영문을 모르고 귀정문에 모인 신하들을 향해 경덕왕이 말했습니다.

"가서 영복승榮服僧*을 데려오라."

그러자 영문을 모르는 신하 몇 명이 내려가서 지나가던 승려들 중 승복을 잘 차려입고 풍채가 좋은 승려를 데려왔습니다. 신하들이 데려온 승려를 보자 경덕왕은 다시 명을 내렸습니다.

"내가 찾는 승려가 아니다. 이 승려를 데려다 주고 다른 승려를 데려오라."

---

* 화려하게 옷을 입은 승려, 영화롭게 일해 줄 승려라는 두 가지 의미가 있다. 경덕왕은 영복승이란 단어의 의미에 대해 신하들과 자신의 생각이 다름을 알려 주려 했고 결국 자신의 뜻이 옳음을 신하들에게 내비치려는 의도가 있었다.

잘 차려입은 승려를 돌려보낸 후 신하들은 경덕왕이 도대체 어떤 승려를 데려오라 한 것인지 몰라 곤란해하고 있었는데 마침 헤진 승복을 여기저기 기워 입고 등에 앵통*을 진 승려가 지나가기에 신하들은 그를 경덕왕에게 데려갔습니다.

승려를 본 왕이 기뻐하며 궁궐로 맞이한 후 이름과 행적을 물었습니다.

"소승은 충담이라 하오며, 매년 3월 3일과 9월 9일이면 남산 삼화령에 계신 미륵 세존께 차를 달여 공양을 드립니다. 오늘도 차를 올리고 오는 길입니다."

승려의 말을 들은 경덕왕이 놀라움과 기대감이 섞인 표정으로 말했습니다.

"오, 충담사라면 '찬기파랑 사뇌가'를 지었다는 승려가 아닌가? '찬기파랑 사뇌가'는 그 뜻이 높고 고상하다 들었다."

왕은 기쁘고도 놀라워하며 자신에게도 차를 끓여 줄 수 있냐고 물었습니다. 충담사가 앵통에서 다구를 내려 숯불을 피우고 차를 끓여 경덕왕에게 바쳤습니다. 차를 마신 경덕왕은 훌륭한 맛에 감탄했습니다.

"맛이 특이한 데다가 이 잔에서도 좋은 향이 풍기는구나. 오늘 짐이 인연이 있는 승려를 만난 듯하다."

* 스님이 물건을 넣어서 등에 지고 다니는 버드나무로 만든 통.

이어서 왕이 백성을 편안하게 할 노래를 지어 줄 수 있겠냐고 묻자 충담사가 대답했습니다.

"폐하가 백성을 사랑하고 걱정하시는 마음이 아름다우니 소승이 정성을 다해 향가를 지어 보겠습니다."

왕은 기뻐하며 깨끗하게 자리를 마련하여 충담사가 시를 지을 수 있도록 했습니다. 얼마간의 시간이 흐르고 충담사가 향가를 다 짓자, 기대에 부푼 왕은 어서 읽어 보라고 명합니다.

임금은 아버지요,

신하는 사랑하실 어머니이며

백성은 어린아이라 하신다면

백성이 그 사랑을 알 것입니다.

충담사는 국가를 하나의 가정과 같이 생각하여 임금은 아버지, 신
하는 어머니, 백성은 어린아이로 표현했습니다. 세상에 자기 자식
을 대충 사랑하는 부모는 없겠지요. 아버지와 어머니가 최선을 다
해 아이를 돌보고 사랑하듯 임금과 신하는 백성이 편안한 삶을 살
아갈 수 있도록 최선을 다해야 합니다. 그러면 자연히 백성들도
임금과 신하들을 믿고 따를 것입니다.

꿈틀거리며 살아가는 백성들

이를 먹이고 다스려,

그러나 흉년이 들거나 천재지변이 생겼을 때 고생하는 쪽은 언제나 힘없고 재산도 없는 백성들입니다. 이럴 때는 부모가 힘든 상황에서도 아이들을 먹여 살리듯 임금과 신하가 힘을 합쳐 굶주리는 백성을 먹여 살려야 합니다. 부모가 아니면 누가 자기 자식들을 돌볼까요? 임금과 신하가 아니면 자기 나라의 백성을 누가 먹여 살릴까요?

이 땅을 버리고 어디로 갈 것인가 한다면
나라 안이 다스려질 것을 알 것입니다.

나라가 자신을 위해 존재한다고 생각될 때 백성은 나라를 버리지 않을 것입니다. 어진 임금과 신하는 자신의 배를 불릴 것이 아니라 굶주리는 백성에게 곡식을 베풀 줄 알아야 합니다. 백성들이 나라를 믿고 의지할 수 있다면 나라는 오래도록 평안하게 유지될 것입니다.

아아, 임금답게, 신하답게, 백성답게 한다면
나라가 태평할 것입니다.

임금과 신하와 백성이 모두 자신의 위치에서 자신의 일을 다한다면, 나라는 태평할 수 있습니다. 이것은 '모든 사회 구성원 각자가 자신에게 맞는 직책과 역할을 다하면 질서 있고 안정된 사회가 된다'는 유교의 정명正名사상과도 통합니다. 사람은 태어날 때부터 '정명' 즉, 정해진 명분이 있기 때문에 그것을 지키며 살아야 한다는 뜻입니다.

충담사가 이렇게 유교의 사상을 드러내어 이야기하는 것은 임금과 신하들이 마음을 다잡아 자신들의 본분을 다하여 백성을 돌보기를 바라기 때문이었을 겁니다.

자신의 자리를 위협받고 있던 경덕왕에게 충담사의 향가는 신하들에게 주는 경고이며 교훈이었을 겁니다. 왕은 충담사의 글이 자신이 하고 싶던 말을 대신 전해 주는 글인 것 같아 무척 기뻤습니다.

"충담이 짐의 마음을 들여다본 듯이 알고 있구나. 이 노래를 온 나라에 알려 신라의 모든 백성들이 부르게 하라. 그리고 짐은 충담을 이 나라의 왕사로 임명하겠다. 충담은 이후로 짐의 곁에서 국사를 같이 논할 수 있도록 하라."

"폐하, 소승은 산과 들로 다니며 돌봄을 받지 못하는 백성과 온갖 동물, 식물들을 돌보아야 하는 팔자이오니, 왕사는 가당치 않습니다. 오늘의 인연은 향가를 짓는 것으로 끝낼까 하옵니다. 폐하께서는 성군으로서 온 백성이 우러러보는 아버지가 되시기를 미륵세존께 기원하겠습니다."

충담사는 일어나서 조용히 고개를 숙이며 경덕왕의 제안을 겸손하지만 단호하게 거절하였습니다.

안민가(安民歌)

충담사

군(君)은 어비여
신(臣)은 도소샬 어싀여,
민(民)은 얼흔 아히고 흐샬디
민(民)이 도술 알고다.
구믈ㅅ다히 살손 물생(物生)
이흘 머기 다스라
이 짜홀 브리곡 어듸 갈뎌 홀디
나라악 디니디 알고다.
아으, 군(君)다이 신(臣)다이 민(民)다이 흐늘돌
나라악 태평(太平)흐니잇다.

(원문)

君隱父也 (군은부야)

臣隱愛賜尸母史也 (신은애사시모사야)

民焉狂尸恨阿孩古爲賜尸 (민언광시한아해고위사시지)

知民是愛尸知古如 (민시애시지고여)

窟理叱大肹生 (굴리질대힐생)

以支所音物生此肹飱惡支治良羅 (이지소음물생차힐식악지치량나)

此地肹捨遣只於冬是去於丁 (차지힐사유지어동시거어정)

爲尸知國惡支持以支知古如 (위시지국악지지이지지고지)

後句君如臣多支民隱如 (후구군여신다지민은여)

爲內尸等焉國惡太平恨音叱如 (위내시등언국악태평한음질여)

'안민가'는 전해지는 향가 작품 중 유일하게 유교적인 이념을 담고 있습니다. 『삼국유사』의 기록을 보면 경덕왕 때는 가뭄과 지진 등 천재지변이 빈번하게 일어나고 무리한 정책을 펼쳐 왕권과 귀족 세력이 대립하는 등 민심이 어지러운 시기였습니다. 어지러운 민심을 수습하기 위해 경덕왕은 충담사에게 교훈성과 목적성이 강한 '안민가'를 짓게 한 것이지요.

『삼국유사』에 실린 관련 일화 중 '영복승을 데려오라'는 경덕왕의 말에 대해 신하의 이해가 다른 것을 볼 수 있는데요. 이는 왕과 신하들 사이에 갈등이 있었음을 은근히 드러낸 것으로 해석할 수 있습니다.

 핵심 정리

- 형식: 10구체 향가
- 연대: 신라 경덕왕 24년(765년)
- 출전: 『삼국유사』
- 성격: 교훈적, 유교적
- 주제: 나라를 다스리는 국태민안(國泰民安)의 올바른 방법
- 의의: 향가 중 유일하게 유교 사상을 바탕으로 한 작품

처용가

이불 밑에 다리가 넷이로다

지금처럼 의술이 발달하지 못했던 옛 시대에 천연두는 사망률이 매우 높고 걸리면 얼굴이 마맛자국으로 뒤덮여 흉한 외모가 되는 질병이기 때문에 많은 사람들이 두려워하던 전염병이었습니다. 천연두는 '마마'라고 불리며 옛날 아이들이 가장 무서워하던 존재였지요. 고대에는 의학 기술이나 상식으로 막을 수 없었던 질병을 굿을 하고 노래를 부르는 등 주술적인 행위를 통해 물리치려 했습니다.

'처용가'에는 천연두를 옮기는 귀신이 등장하는데요. 이 노래의 주인공 처용이 역신을 어떤 방법으로 물리치는지 그 설화를 살펴봅시다.

9세기 후반 신라 헌강왕 때 일입니다. 동해안으로 신하들과 함께 나들이를 나간 헌강왕이 갑자기 밀려드는 안개를 보고 의아해하자, 당시에 천문을 보고 날씨를 예측하던 관리인 일관이 말했습니다.

"이는 임금이 동해안에 처음 나왔는데도 불구하고 동해를 관장하는 동해 용왕에게 예를 차리지 않아 그렇습니다."

왕은 껄껄 웃으며 답했습니다.

"그렇다면 동해안 가까운 곳에 동해 용왕을 위한 절을 하루 속히 짓도록 하라."

그리고 절의 이름을 바다가 보이는 절이라는 뜻의 '망해사望海寺'라 지으라고 명했습니다. 헌강왕의 명이 내려지자마자 신기하게도 안개가 말끔히 걷혔습니다.

안개가 걷힌 후 왕과 신하들이 아름다운 동해안의 경치를 보며 즐거워하는데, 돌연 앞쪽 바다가 갈라지며 머리에 관을 쓴 동해 용왕과 일곱 명의 사람들이 그 뒤를 따라 등장했습니다. 왕과 신하들이 미처 놀라기도 전에 그 앞에 다다른 동해 용왕은 고개를 숙여 인사했습니다.

"용궁 사람들은 본래 육지 사람들에게 모습을 잘 보이지 않지만, 대왕께서 친히 저를 위해 절을 지어 주신다는 명을 내리시기에 듣고만 있을 수 없어 일곱 명의 아들들과 감사의 뜻을 전하러 이렇게 올라오게 되었습니다. 대왕께서 본 용왕을 위해 정성을 보이셨으니, 그 예의로 저 또한 작은 정성을 준비했습니다. 사양치 마시고 받아 주시길 바랍니다."

용왕은 꿩의 깃을 양쪽에 붙인 모자를 쓴 비범한 인상의 청년을 불러 옆에 세운 후 왕에게 소개하였습니다.

"이 아이는 저의 일곱 아들 중 한 명인데, 그중 학문이 뛰어나고 여러 귀신을 알아보는 비범한 능력이 있으니 대왕께서 데려가시어 정사政事를 살피는 데 쓰시면 조금이나마 도움이 될 것입니다. 이름은 처용이라 합니다."

용왕은 다시 고개를 숙여 인사하고 처용을 제외한 나머지 인원을 이끌고 바닷속으로 돌아갔습니다. 헌강왕은 뛰어난 인재를 얻은 것에 기뻐하며 처용을 데리고 서라벌로 돌아갔습니다.

궁궐로 돌아온 왕은 처용의 환심을 사기 위해 급간級干이라는 벼
슬을 내리고 빼어난 미녀를 아내로 삼게 했습니다.

처용은 용왕의 아들로서 비범한 능력을 발휘하여 정사를 도왔을
뿐만 아니라 술을 잘 마시고 춤도 잘 추는 등 풍류를 즐겼습니다.

보름달이 무척 밝은 어느 밤, 처용은 늦게까지 술을 잔뜩 먹고 집으로 돌아왔습니다. 대문을 열고 마당을 가로질러 방에 들어가려는데, 방 아래 댓돌*에 아내의 신발과 자신이 아닌 다른 사내의 신발이 놓여 있는 것을 보았습니다.

귀신을 보는 능력이 있던 처용은 방에 있는 사내가 역신疫神**임을 알고 갑자기 춤을 추며 노래를 하기 시작했습니다.

---

* 집채의 앞뒤에 오르내릴 수 있게 놓은 돌층계.
** 전염병, 특히 천연두를 퍼뜨리는 신.

서라벌 밝은 달에
밤늦게 노니다가,
들어와 자리를 보니
다리가 넷이로다.

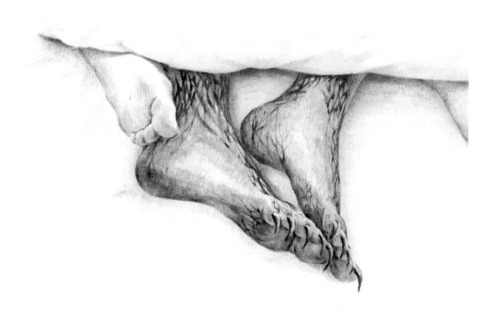

아내의 발만 보여야 하는 이불 밑에 네 개의 발이 보입니다. 두 개
는 아내의 작은 발이고 두 개는 역신의 커다란 발입니다. 신통력
이 있던 처용은 방문을 열지 않고도 역신의 모습을 알아보고는 자
신이 그 존재를 꿰뚫고 있음을 노래를 통해 알렸습니다.

보통 사람이라면 분노하고도 남을 상황이지만 비범한 능력을 가
진 처용은 분노하지 않고 담담히 노래하고 심지어 춤까지 췄습니
다. 역신 또한 신통력이 있는 존재이기 때문에 처용의 노래가 자
신을 알아보고 한 노래임을 알아차렸습니다.

둘은 내 것인데
둘은 누구의 것인가.
본디 내 것이다만
빼앗긴 걸 어찌하리.

앞의 두 행에서 처용은 자신의 아내라는 것을 확실히 말하는 동시에 역신이 있을 자리가 아니라는 것을 상기시키고 있습니다.

이 노래에서 가장 특이한 곳은 마지막 두 행입니다. 처용이 소중한 아내를 포기하는 것처럼 말하기 때문에 이상하게 느껴질 수도 있는 부분입니다. 역신에게 아내를 빼앗긴 상황에 체념하는 것처럼 보이지만 사실 처용은 자신의 배포와 자신감을 보여 주고 있습니다. 역신 또한 그 배포와 자신감을 알아챘기 때문에 노래를 듣고는 바로 뛰쳐나와 처용에게 사죄합니다.

역신은 처용의 배포와 위용에 감복하여 방문을 뚫고 나와 무릎을 꿇었습니다. 처용이 가만히 내려다보자 역신이 머리를 조아리며 말했습니다.

"저는 본래 전염병을 옮기는 역신입니다. 지금 공의 아내를 범하였는데도 공께서는 노여워하지 않으시니 제가 감격하고 아름답게 여기는 바입니다."

"오호라, 누군가 했더니 역신이었구먼."

처용의 호탕한 대답을 듣고 역신이 계속 머리를 조아리며 말했습니다.

"이후로는 맹세코 공의 그림이나 형상만 보아도 그 집에는 결코 들어가지 않겠습니다."

"좋은 일이지. 암, 좋은 일이야. 허허……."

역신의 다짐을 들은 처용은 호탕하게 웃었습니다. 이후에 사람들은 역병이 돌 때마다 처용의 그림을 그려 집 대문에 붙이고 천연두를 경계했다고 합니다.

처용가(處容歌)

처용

서라벌 밝은 달에
밤늦게 노니다가,
들어와 자리를 보니
다리가 넷이로다.
둘은 내 것인데
둘은 누구의 것인가.
본디 내 것이다만
빼앗긴 걸 어찌하리.

(원문)

東京明期月良　（동경명기월양）
夜入伊遊行如可　（야입이유행여가）
入良沙寢矣見昆　（입양사침의견곤）
脚烏伊四是良羅　（각오이사시양라）
二肹隱吾下於叱古　（이혜은오하어질고）
本矣吾下是如馬於隱　（본의오하시여마어은）
奪叱良乙何如爲理古　（탈질양을하여위리고）

'처용가'는 현재 전해지는 신라 향가의 마지막 작품으로,『삼국유사』권2 '처용랑 망해사'에 실려 있습니다. 처용가와 같이 귀신이나 질병 등 사악한 것을 물리치고 경사로운 일을 맞이하는 일을 사자성어로 '벽사진경邪進慶'이라고 합니다.

처용가는 향가 해석의 시금석과 같은 역할을 하는데요. 조선 시대의 궁중 음악 책『악학궤범』에 처용가의 여섯 구절이 훈민 정음으로 기록되어 있기 때문에 향찰 표기의 기본 원리를 알아내는 열쇠가 되었습니다.

 핵심 정리

- 형식: 8구체 향가
- 연대: 신라 헌강왕 5년(879년)
- 출전:『삼국유사』
- 성격: 벽사진경, 주술적, 무가
- 주제: 아내를 범한 역신을 쫓아냄
- 의의: 현전하는 신라 향가의 마지막 작품, 향가 해독의 계기를 마련한 작품

고려 속요 혹은 줄여서 여요(麗謠)라고도 부르는 고려 가요는 고려 시대 민중들 사이에서 널리 불린 노래입니다. 평민의 문학을 대표하는 고려 가요는 구전되다가 조선 시대 한글 창제 이후에 기록되었습니다. 그 과정에서 조선의 유교 사상에 적합하지 않았던 남녀 간의 정을 주제로 한 노래는 '남녀상열지사'라 하여 많은 작품이 불리기를 금지당했습니다.

고려 가요는 일반적으로 3음절, 3음보의 운율을 가지고 있으며, 작품마다 다르게 나타나는 후렴인 여음구는 고려 가요의 독특한 특징이라 할 수 있습니다. 고려 시대의 분위기를 반영하여 솔직하고 직선적인 내용들이 대부분이나, 그 가운데 서정성을 확보하고 있다는 것이 특징입니다. 작품의 주요 정서는 체념적이거나 해학적, 혹은 세속에 초탈한 심정입니다. 이런 내용적 특징은 사랑을 주제로 한 많은 작품들이 금지된 후에 남은 작품들이기 때문이라고 할 수 있습니다.

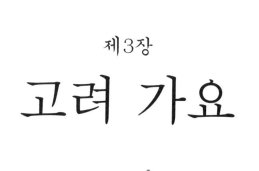

제3장

고려 가요

가시리

말없이 고이 보내 드리오리다

작자 미상

'나 보기가 역겨워 가실 때에는 말없이 고이 보내 드리오리다.' 어디선가 들어 본 것 같은 익숙한 구절이지요? 바로 김소월의 '진달래꽃'입니다. 같은 제목과 가사의 대중가요로도 만들어져 많은 사랑을 받았습니다. 이 시는 나를 떠나가는 사랑하는 임을 향한 여인의 절절하고 슬픈 감정을 노래하여 읽는 사람의 마음을 아프게 합니다. 이별의 정한은 먼 옛날부터 시와 노래 등 문학의 단골 소재였습니다. 특히 여성 화자가 섬세한 언어로 이별의 슬픔과 한, 그리움을 노래한 작품이 많지요.

지금 읽어 볼 '가시리'와 '공무도하가', '정읍사', '아리랑', 황진이의 시조 등 많은 우리 고전 작품이 이별의 정서를 담고 있습니다.

'가시리'가 만들어진 정확한 시기는 알 수 없지만 고려 후기에 널리 유행하여 불렸을 것이라고 추측할 수 있습니다. 고려 후기는 나라 안에서는 무신들 간의 권력 싸움이 끊이지 않고, 밖에서는 원나라의 간섭을 받는 등 사회적으로 굉장히 위태로운 시기였습니다. 당시의 혼란스러운 분위기에 휩쓸려 백성들은 반란과 전쟁에 동원되는 등 불안한 나날을 보냈습니다. 권력 투쟁에서 밀려난 무사들, 그보다 더 힘없는 백성들. 고려 후기 사회의 냉혹한 분위기가 '가시리'라는 비극적인 정서를 담은 작품으로 승화되어 널리 불렸을 가능성도 있지요. 문학과 현실은 불가분의 관계이니까요. 떠나간 임을 그리워하는 '가시리'의 화자 또한 반란으로 남편을 잃지는 않았을지, 상상의 나래를 펼쳐 봅니다.

서경 변두리의 어느 마을, 한 초가집 앞에서 젊은 부인과 두건을 두른 무사 차림의 남자가 이야기를 나누고 있습니다. 부부로 보이는 두 남녀의 분위기가 조금 심각해 보입니다. 남편은 지금 반란에 참가하기 위해 떠나려는 참이고, 아내는 '제발 난이 가라앉을 때까지 조용히 기다리자'고 남편을 설득하는 중입니다. 그러나 남편은 이 반란이 출세할 수 있는 절호의 기회라고 생각하며 아내의 말을 듣지 않고 고집을 피웁니다.

당시 승려 묘청은 서경 천도를 주장하며 반란을 일으켰고 그 위세가 하늘을 찌를 듯해서 당장이라도 고려의 주인이 바뀔 것 같은 분위기였습니다. 남편은 이런 상황이 자신에게 찾아온 절호의 기회라 생각하여 묘청의 반란군에 참가하려는 것입니다.

자신을 필사적으로 말리는 아내를 뒤로하고 결국 남편은 반란군 진영에 참가하기 위해 떠나려 합니다. 아내는 남편이 떠나는 순간까지 붙잡아 보지만 남편은 성공해서 금방 돌아오겠다는 말만을 남기고 등을 돌려 떠납니다. 아내는 불안한 마음으로 남편의 뒷모습이 사라진 이후에도 그 자리에 꼼짝 않고 서 있습니다.

인종은 개경 출신인 김부식을 진압군 사령관 격인 평서원수로 임명하고 반란 진압의 책임을 맡겼습니다. 결국 김부식에 의해 묘청의 난은 진압되었고 묘청과 그를 따르던 많은 이들이 죽음을 맞게 됩니다. 김부식은 묘청의 서경 천도를 지지했던 서경 출신의 정지상과 백수안 등도 처형하여 후환을 없앴으며 이후 김부식은 고려 최고의 권력자가 되어 천하를 호령하게 됩니다.

남편이 떠난 후 아내는 불안함에 잠을 이루지 못하고 매일 밤 깨끗한 그릇에 정화수를 떠 놓고 남편이 무사하기만을 기원합니다. 보름달이 초승달이 되도록 아내는 밤이면 밤마다 기도를 드렸지만 금방 돌아오겠다는 남편은 떠난 지 한참이 지나도록 소식이 없습니다. 심지어 마을에는 개경의 진압군이 서경으로 들어왔다는 불길한 소문이 돌기 시작합니다.

결국 아내는 이웃으로부터 진압군이 반란군을 전부 몰살시키고 난을 진압했다는 소식을 전해 듣고는 한마디도 못하고 그 자리에서 기절하고 맙니다. 이웃 아주머니의 도움으로 깨어난 아내는 그제야 눈물을 흘리며 중얼거렸습니다.

"이럴까 봐 내가 가지 말라고 했는데 기어코 가더니만 나는 이제 어떻게 살라고……."

아내는 울부짖다 기절을 하고, 깨어나면 다시 울부짖다 기절하기를 반복했습니다.

한편 진압군은 "반란군은 진압하되 서경의 백성들도 짐의 백성이니, 무고한 백성들은 죽이지 말라"는 왕의 명령을 무시하고 온 서경을 돌아다니며 이 잡듯이 뒤져 반란에 참가한 사람들의 가족을 찾아내어 학살하기 시작했습니다.

그 끔찍한 이야기를 들은 아내는 남편을 잃은 슬픔에 잠기고 진압군에 대한 공포에 질려 몸을 가누지 못할 정도가 되었습니다. 한동안 식음을 전폐하고 집 밖으로 나가지도 못하던 아내는 결국 몸과 마음이 모두 쇠약해져 그믐달이 뜬 밤에 숨을 거두고 말았습니다. 반란군에 참가하러 떠나려는 남편을 말리던 아내의 슬픈 이야기는 서경 사람들의 입에서 입으로 전해지다가 노래로 만들어졌습니다. 이런 가슴 아픈 이별을 겪은 부부가 이들뿐만은 아니겠지요.

난리통에 공을 세워 출세해 보겠다는 남편을 아내가 울며 말립니다. 출세욕에 눈이 멀어 끝이 뻔히 보이는 위험한 전쟁터에 제 발로 걸어 들어가려는 남편이, 아내는 원망스럽습니다.

자신을 말리는 아내의 필사적인 노력을 뒤로하고 남편은 결국 반란군 진영에 합류하러 길을 떠납니다. 자나 깨나 앉으나 서나 남편 걱정뿐인 아내는 혹시나 남편이 잘못될까 봐 불안해서 살 수가 없습니다.

붙잡아 두고 싶지마는
서운하면 아니 올까 봐
위 증즐가 태평성대

마음 같아서는 지금이라도 남편의 앞을 억지로 막아서 못 가게 하고 싶었지만 남편은 이미 마음을 단단히 굳힌 채 떠나 버렸습니다. 혹여 남편이 자신의 앞을 가로막는 자신이 미워 영영 떠나 버릴까 봐 아내는 그저 멀리서 바라보며 기도할 뿐입니다.

서러운 님 보내오니
가시는 것처럼 돌아오소서.
위 증즐가 태평성대

위험한 곳으로 보내자니 마음이 너무 불안하고 억지로 잡자니 화
가 나서 돌아올 것 같지 않은 남편이 무사히 돌아오기를, 아내는
바라고 또 바랍니다.

가시리

작자 미상

가시리 가시리잇고 나는

ᄇ리고 가시리잇고 나는

위 증즐가 태평성대(太平盛大)

늘러는 엇디살라 ᄒ고

ᄇ리고 가시리잇고 나는

위 증즐가 태평성대(太平盛大)

잡ᄉ와 두어리마ᄂᄂ

선ᄒ면 아니올세라 나는

위 증즐가 태평성대(太平盛大)

설온님 보내ᄋ노니 나는

가시ᄂ듯 도셔 오셔셔 나는

위 증즐가 태평성대(太平盛大)

'가시리'는 간결하고 소박한 언어로 이별의 정한을 노래한 고려 가요입니다. 우리 고전의 전통적인 정서를 잘 표현한 작품으로 후대의 이별 노래에 많은 영향을 끼쳤습니다. 특히 조선 시대 황진이의 시조부터 김소월의 시에 이르기까지 이별의 슬픔을 여성적 정한으로 표현한 많은 시에 영향을 주었습니다. 『악장가사』, 『시용향악보』에 귀호곡이란 이름으로 1연이 전해지는데요. 『악장가사』는 조선 초기에 악장과 고려의 속악 가사를 엮어 모은 가집입니다. '가시리'는 처음에 보편적 민요의 성격을 가지고 있었지만 후에 속악 가사로 개편되어 고려 궁중에서도 연주되었습니다. '이별의 정한'이라는 같은 주제를 다루더라도 민요가 남녀 사이의 애틋한 정을 다루었다면, 속악 가사는 임금을 향한 신하의 변함없는 충정 즉, 충신연주지사에 대해 이야기하고 있답니다.

 핵심 정리

- 형식: 고려 가요
- 연대: 고려 시대
- 출전: 『악장가사』
- 성격: 여성적 정한, 체념적, 민요적, 자기 희생적
- 주제: 이별에 대한 체념과 임이 다시 돌아오기를 바라는 소망
- 의의: 이별의 정한을 여성적 어조로 노래한 대표적인 작품

청산별곡

산으로, 바다로, 헬 고려 탈출기

작자 미상

'청산별곡'은 절망적이고 고통스러운 현실을 떠나 속세의 모든 것을 잃고 자연에 귀의하려는 마음을 노래합니다. 이 시의 화자는 잦은 반란과 전쟁으로 삶의 터전을 잃고 떠돌며 고통받는 유랑민, 실연의 슬픔을 잊고 속세를 떠나 살고자 하는 사람, 권력 다툼에서 밀려나 속세를 떠난 지식인 등으로 추측할 수 있습니다.

정확히 어느 누가 이 시를 지었는지는 알 수 없지만 고려 후기의 혼란스러운 상황에서 정상적인 생활을 할 수 없게 된 현실 속 고통에서 벗어나 도망가고 싶어 하는 화자의 마음, 힘든 현실을 잊고 이상향을 찾고 싶어 하는 화자의 마음이 반영되어 있습니다.

살리라 살겠노라, 청산에 살겠노라.
머루와 다래를 먹으며 청산에 살겠노라.
얄리얄리 얄라셩 얄라리 얄라

오랫동안 굶은 듯, 볼이 홀쭉하고 머리칼도 흐트러진 한 농민이 무너진 초가집 앞에서 힘없이 저 멀리 푸른 산을 보고 있습니다. 집 마당에는 무덤이 보이는데, 남자 말고는 아무도 없는 걸 보면 가족이 모두 죽고 혼자 남은 듯합니다. '청산별곡'의 첫 번째 연은 삶이 너무 괴로워 현실을 떠나 청산으로 들어가고 싶어 하는 사람의 마음을 노래하고 있습니다.

후에 농민은 삶의 터전이던 곳을 떠나 유랑민이 되어 바라만 보던 청산으로 들어왔습니다. 산에 들어오긴 했지만 고통스럽기는 마찬가지입니다. 씻기도, 옷을 갈아입기도 힘들고 먹을 것을 구하기도 힘이 듭니다. 하지만 현실에서의 괴로움이 너무 크기 때문에 나무에 열린 머루와 달래라도 따 먹으면서라도 살려고 합니다. 이런 청산은 이상향이기도 하고 현실 도피의 공간이기도 합니다.

울어라 울어라 새여, 자고 일어나 울어라 새여
너보다 시름 많은 나도 자고 일어나 우노라.
얄리얄리 얄라셩 얄라리 얄라

두 번째 연에서 화자는 새가 지저귀는 소리가 마치 울음소리 같
다고 말합니다. 홀로 슬프게 눈물을 흘리는 고독한 자신의 처지를
적막한 산에서 우는 새와 동일시하는 것입니다. 새는 화자가 감정
이입하는 대상입니다. 조용한 산속에서 홀로 울고 있는 화자와 새
가 동병상련하는 처지입니다. 아무도 없는 산중에 울려 퍼지는 새
소리만이 화자에게 위로가 됩니다.

가던 새 가던 새 본다 물 아래 가던 새 본다.
이끼 묻은 쟁기를 가지고 물 아래 가던 새 본다.
얄리얄리 얄라셩 얄라리 얄라

물이 가득 담긴 논 위로 새가 날아갑니다. 논물에 비친 새는 얼핏 물 밑으로 나는 것처럼 보입니다. 논은 청산과 반대 지점에 있는 속세를 뜻합니다. 화자 역시 청산으로 들어가기 전 농사를 지으며 생계를 이어갔지만 고단한 현실 속에서 농토를 잃고 산으로 도피했습니다.

쟁기에 이끼가 잔뜩 낄 정도로 농사를 지은 지 오래되었지만 물이 고인 논을 보니 미련이 자꾸만 생기는 것을 어쩔 수가 없습니다. 자신이 떠나온 속세에 대한 미련을 저버릴 수 없는 화자의 번민이 드러납니다. 특히 '잉무든 장글란'은 이끼 낀 쟁기, 녹슨 병장기, 녹슨 은장도 등 여러 가지로 해석되는 시어입니다. 화자가 농부라면 쟁기로, 병사라면 병장기로, 버림받은 여성이라면 은장도로 해석될 수 있습니다.

이럭저럭 낮은 지내왔구나.
올 사람도 갈 사람도 없는 밤은 또 어찌하리오.
얄리얄리 얄라셩 얄라리 얄라

청산에서 고독하게 생활하는 처지이지만 그래도 낮에는 이것저것 볼 수 있어 그럭저럭 지낼 만합니다. 그러나 아무것도 보이지 않는 깜깜한 밤에는 오갈 데 없는 화자의 신세가 더 처량하게 느껴집니다.

어디에다 던지던 돌인가?
누구를 맞히려던 돌인가?
미워할 이도 사랑할 이도 없이 맞아서 우노라.
얄리얄리 얄랑셩 얄라리 얄라

화자는 자신이 왜 이렇게 되었는지, 누구 때문에 이런 상황에 놓여 고생하고 있는지 궁금하고 원통합니다. 가만히 있다가 돌을 맞은 억울한 심정이지만 돌을 던진 자가 누구인지, 던진 이유는 무엇인지 알 수가 없습니다. 많은 것을 빼앗고 화자를 청산으로 내몬 것은 도대체 무엇일까요. 아마도 전쟁과 권력 싸움에 시달리던 고려 사회 전체가 그 원인이겠지요.

'청산별곡'은 총 8연으로 이루어졌는데 내용상 앞 4연과 뒤 4연의 공간적 배경이 '청산'과 '바다'로 대칭됩니다. 이때 1연과 6연, 2연과 5연, 3연과 7연, 4연과 8연이 대칭 구조를 이루기 때문에 내용상 5연과 6연의 순서가 바뀌었다고 할 수 있습니다.

살리라 살겠노라 바다에 살겠노라.

나문재와 굴, 조개를 먹고 바다에 살겠노라.

얄리얄리 얄랑셩 얄라리 얄라

1연에서 괴로운 현실을 벗어나기 위해 현실 도피 혹은 이상적 공간으로 청산을 선택했다면 6연에서는 바다가 청산과 같은 역할을 합니다.

'청산'은 '바다'로, '머루와 다래'는 '나문재와 굴, 조개'로 대응됩니다. 그래서 내용상 앞의 다섯 번째 연과 순서가 바뀌었다고 해석합니다.

청산에서도 괴로운 삶이 계속되자 이번에는 바다를 찾는 화자의 모습에서 고통스러운 삶을 피해 떠돌아다니는 화자의 아픈 마음과 그럼에도 이상향을 포기하지 않는 의지가 나타납니다.

가다가 가다가 듣노라, 부엌에 가다가 듣노라.
사슴이 장대에 올라가서 해금을 켜는 것을 듣노라.
얄리얄리 얄랑셩 얄라리 얄라

7연은 '청산별곡' 전체에서 해석에 논란의 여지가 가장 많은 부분입니다. 첫째 행에서 화자는 외딴 곳 혹은 부엌을 가다가 뭔가를 들었다는 내용이므로 큰 문제가 없습니다.

문제는 두 번째 행인데, 화자가 부엌을 가다가 '사슴이 장대에 올라 해금을 켜는 것'을 봅니다. 이 장면은 표현 그대로 이해하면 상당히 비현실적인 장면입니다. 그래서 이 대목의 해석을 첫째, 어떤 이가 부엌으로 가던 중 광대놀이를 본다는 해석과 둘째, 사슴이 장대에 올라가 있다는 비현실적인 상황을 봤다는 것으로 해석할 수 있습니다. 특히 두 번째 해석에는 고통스러운 현실에서 벗어나려면 '사슴이 장대에 올라가서 해금을 켜는' 것과 같이 비현실적인 기적이 일어나야 한다는 의미가 담겨 있습니다.

가더니 배부른 항아리에 독한 술을 빚노라.
조롱박의 독한 술을 먹으니 내 어찌하리오.
얄리얄리 얄랑셩 얄라리 얄라

'청산별곡'의 마지막 연은 작품 전체에서 가장 긍정적으로 해석됩니다. 이 연도 두 가지 해석이 가능합니다. 첫째는 부엌에 가서 독한 술을 빚은 다음, 술 항아리에서 조롱박으로 술을 떠서 마시고 모든 걸 잊는다는 것입니다. 여기서 '술'은 고단한 삶에 잠시나마 위로를 주는 시어입니다. 술을 마시고 현실의 괴로움을 잊는 것은 바람직한 행위는 아니지만 '청산별곡'의 화자처럼 현실의 괴로움을 도저히 극복할 수 없는 사람은 이렇게라도 위안을 얻을 수밖에 없었을 겁니다.

두번 째는 아내가 술을 마시고 취한 남편을 보고는 자신과 집안의 앞날이 걱정이 되어서 어찌할 줄 모르겠다는 해석입니다. 일반적으로 '술'이란 시어를 긍정적인 시어로 해석하는 경향이 많기 때문에 첫째 해석이 많이 쓰입니다.

청산별곡(靑山別曲)

작자 미상

살어리 살어리랏다 청산(靑山)애 살어리랏다.
멀위랑 ㄷ래랑 먹고 청산(靑山)애 살어리랏다.
얄리얄리 얄라셩 얄라리 얄라.

우러라 우러라 새여 자고 니러 우러라 새여
널라와 시름 한 나도 자고 니러 우니노라.
얄리얄리 얄라셩 얄라리 얄라.

가던 새 가던 새 본다 믈아래 가던 새 본다
잉무든 장글란 가지고 믈아래 가던 새 본다
얄리얄리 얄라셩 얄라리 얄라.

이링공 뎌링공 ᄒ야 나즈란 디내와손뎌
오리도 가리도 업슨 바므란 또엇디 호리라.
얄리얄리 얄라셩 얄라리 얄라.

어듸라 더디던 돌코 누리라 마치던 돌코
믜리도 괴리도 업시 마자셔 우니노라
얄리얄리 얄라셩 얄라리 얄라.

살어리 살어리랏다 바르래 살어리랏다
느므자기 구조개랑 먹고 바르래 살어리랏다
얄리얄리 얄라셩 얄라리 얄라.

가다가 가다가 드로라 에졍지 가다가 드로라.
사스미 짒대에 올아셔 힝금을 혀거를 드로라.
얄리얄리 얄라셩 얄라리 얄라.

가다니 브브른 도긔 설진 강수를 비조라.
조롱곳 누로기 므와 잡수와니 내 엇디 ᄒ리잇고.
얄리얄리 얄라셩 얄라리 얄라.

'청산별곡'은 전해지는 고려 가요 중 문학성이 가장 뛰어난 작품으로 평가됩니다. 고도의 비유와 상징적 표현이 사용되었고, 함축적인 시어들은 다양한 의미로 해석됩니다. '얄리얄리 얄랑셩 얄라리 얄라'라는 후렴구가 8연에 걸쳐 나오기 때문에 경쾌한 운율과 음악성을 느낄 수 있습니다. 'ㅇ'과 'ㄹ'를 반복적으로 사용하여 경쾌한 율격을 불어넣어 리듬감이 느껴지는데요. 무신들의 권력 다툼, 몽고의 침입 등 국내외적으로 힘든 시대를 살았던 고려 사람들의 고통을 절절하게 표현하면서도 발음했을 때 경쾌한 느낌을 주는 시어와 후렴구를 적절히 활용하여 괴롭고 고독한 정서를 낙천적으로 승화한 멋이 돋보이는 작품입니다.

 핵심 정리

- 형식: 고려 가요
- 연대: 고려 후기
- 출전: 『악장가사』
- 성격: 애상적, 현실 도피적, 이상향의 추구
- 주제: 삶의 터전을 잃은 사람들의 고뇌와 비애
- 의의: 고려 후기의 혼란스러운 사회의 모습이 잘 표현되어 있는 작품, 비유와 상징, 반복 등의 표현 기법을 사용하여 문학성이 뛰어남, 'ㅇ'과 'ㄹ'을 사용한 후렴구를 통해 음악성이 두드러짐

서경별곡

작자 미상

아, 괴로운 내 마음은 누가 알아 줄까요

'서경별곡'은 '가시리'와 같이 이별의 정한을 노래한 작품입니다. 이 두 작품은 임을 향한 간절한 사랑과, 이별에서 오는 슬픔이라는 우리 고전의 전형적인 주제를 여성의 입을 통해 담아냈습니다. 그런데 '가시리'의 화자와 '서경별곡'의 화자의 목소리는 사뭇 다릅니다. '가시리'의 화자는 이별을 어쩔 수 없는 것이라 여기며 떠나는 임을 붙잡지 못하고 체념하는 희생적인 모습을 보여 줍니다. 반면, '서경별곡'의 화자는 이별의 상황을 거부하고 임과 함께 있는 사랑의 시간을 강조하며, 떠나는 임이 만나게 될 새 연인에 대한 질투심도 감추지 않습니다. 같은 고려 시대의 가요인데도 화자의 태도가 정반대로 다른 것이 재미있게 느껴지지 않나요? '가시리'에서 나타나는 정서와 다른 점들에 주목하며 '서경별곡'을 읽어 봅시다.

고려 시대 서경(지금의 평양)에 길쌈*을 잘하기로 동네에 소문이
자자한 여인이 살고 있었습니다. 여인은 어렸을 때 일어난 전쟁으
로 부모를 잃고 혼자 살아남았고, 이웃과 친척의 도움으로 근근이
생계를 유지할 수 있었습니다. 여인은 어릴때부터 익힌 길쌈 솜씨
가 뛰어나서 그녀가 만든 옷감은 항상 좋은 값에 팔려 나갔습니
다. 이제 길쌈을 하며 어렵지 않게 자신의 힘으로 생활을 꾸릴 수
있게 되었지만 세상에 혼자 남았다는 외로운 마음은 종종 여인을
힘들게 했습니다.

* 실을 내어 옷감을 짜는 모든 일을 통틀어 이르는 말.

사월 초파일, 여인은 절에 불공을 드리러 가서 탑돌이*를 하는 중에 한 남자와 부딪쳐 넘어졌습니다. 남자는 수도인 개경에서 서경으로 부임해 온 관리였습니다. 관리가 여인을 친절히 일으켜 세우고 웃으며 사과하자, 가족을 모두 잃고 혼자 남은 외로움에 시달렸던 여인은 이것이 혹시 운명이 아닐까 생각했습니다. 게다가 절에서 우연히 만났기 때문에 관리와의 만남이 부처님이 내려 주신 인연이라 여긴 여인은 그동안의 외로움을 보상받기라도 하듯 관리를 깊이 사랑하게 되었습니다.

＊ 초파일에 절에서 밤새도록 탑을 돌며 부처님의 공덕을 기리고 제각기 소원을 비는 행사.

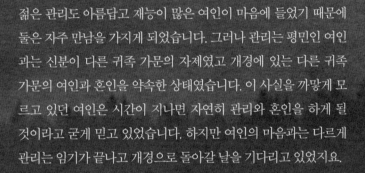

젊은 관리도 아름답고 재능이 많은 여인이 마음에 들었기 때문에 둘은 자주 만남을 가지게 되었습니다. 그러나 관리는 평민인 여인과는 신분이 다른 귀족 가문의 자제였고 개경에 있는 다른 귀족 가문의 여인과 혼인을 약속한 상태였습니다. 이 사실을 까맣게 모르고 있던 여인은 시간이 지나면 자연히 관리와 혼인을 하게 될 것이라고 굳게 믿고 있었습니다. 하지만 여인의 마음과는 다르게 관리는 임기가 끝나고 개경으로 돌아갈 날을 기다리고 있었지요.

마침내 임기가 끝난 관리는 너무나 태연히 개경으로 떠난다는 말을 여인에게 전했습니다. 여인은 예상치 못한 상황과 아무렇지 않게 떠난다는 말을 하는 관리의 태도에 당황하여 바보같이 아무 말도 하지 못했습니다.

젊은 관리는 여인의 마음에 커다란 상처를 입히고는 아무 말 못하는 여인을 뒤로하고 떠나는 배에 올라 태연히 미소를 지으며 손을 흔들고 가 버렸습니다. 그렇게 관리가 떠나고 나서 여인은 자신이 또다시 서경에 혼자 남겨졌다는 것을 깨달았습니다. 여인은 대동강가에 나와 혹시나 관리가 다시 찾아오지 않을까 기대하며 하염없이 그를 기다렸습니다.

자신을 버리고 떠나서 돌아오지 않는 연인을 기다리는 여인의
이야기는 후에 서경 사람들의 입에서 입으로 전해져 내려오게
됩니다.

서경이 서경이 서울이지만
중수重修한 곳인 소성경小城京을 사랑하지만,
이별하기보다는 이별하기보다는,
길쌈 베를 버리고
사랑하신다면 사랑하신다면,
울면서 쫓아가겠습니다.

당신을 붙잡지도 못하고 따라가지도 못한 내가 너무 바보 같습니다. 서경은 내가 나고 자란 곳이고 나는 길쌈을 하며 살아가지만, 당신을 사랑하는 마음은 그 무엇보다도 큽니다. 당신과 사랑할 수만 있다면 길쌈을 버리고 서경을 떠나더라도 임을 쫓아가고 싶습니다. 아무리 힘들고 괴로워도 당신이 나를 사랑해 준다면 울면서라도 쫓아가겠습니다.

구슬이 구슬이, 바위에 떨어진들
끈이야 끈이야, 끊어지겠습니까?
천년을 천년을, 홀로이 살아간들
믿음이야 믿음이야, 끊어지겠습니까?

구슬을 꿰어 만든 목걸이가 바위에 떨어지면 구슬은 깨져도 끈은
절대 끊어지지 않을 겁니다. 당신과 내가 깨어진 구슬처럼 헤어지
더라도, 우리의 인연은 끊어지지 않는 끈과 같이 질긴 것입니다.
사랑하는 당신은 대동강을 건너 무심히 떠나 버렸지만 당신을 믿
고 사랑하는 나의 마음은 천년이 가도 변치 않을 것입니다.

대동강 대동강, 넓은 줄 몰라서
배 내어 배 내어, 놓았느냐 사공아
네 각시 네 각시, 바람난 줄 몰라서
가는 배에 가는 배에, 내 임을 태웠느냐 사공아

이렇게 애원하며 붙잡아도 당신은 결국 나를 떠나 버리는군요. 대
동강 넓은 물을 건널 배가 없다면 당신이 떠날 수 있었을까요? 내
마음도 모르고 배를 내놓은 사공이 야속합니다. 자기 아내가 바람
난 줄도 모르는 사공이 남의 남자를 태우고 떠납니다. 사공은 자
기 아내도 지키지 못하면서 왜 남의 남자를 태우고 가는지 모르겠
습니다. 사랑하는 사람이 떠나는 것을 잡지도 못하고 애꿎은 사공
한테만 분풀이하는 내가 나도 답답합니다.

대동강 대동강, 건너편 꽃을
배를 타면 배를 타면, 꺾을 것입니다.

내 마음을 모르는 답답한 사공이 당신을 대동강 건너편으로 실어
주면 당신은 내가 아닌 다른 여인('꽃')을 찾아가겠지요. 나를 버
리고 개경의 연인과 혼인하고 말겠지요. 아아, 괴로운 내 마음, 누
가 알아줄까요?

서경별곡(西京別曲)

작자 미상

서경(西京)이 아즐가 서경(西京)이 셔울히 마르는

위 두어렁셩 두어렁셩 다링디리

닷곤듸 아즐가 닷곤듸 쇼셩경 고외마른

위 두어렁셩 두어렁셩 다링디리

여히므론 아즐가 여히므론 질삼뵈 브리시고

위 두어렁셩 두어렁셩 다링디리

괴시란듸 아즐가 괴시란듸 우러곰 좃니노이다.

위 두어렁셩 두어렁셩 다링디리

구스리 아즐가 구스리 바회예 디신돌

위 두어렁셩 두어렁셩 다링디리

긴히쭌 아즐가 긴힛쭌 그츠리잇가 나는

위 두어렁셩 두어렁셩 다링디리

즈믄히를 아즐가 즈믄히를 외오곰 녀신돌

위 두어렁셩 두어렁셩 다링디리

신(信)잇돈 아즐가 신(信)잇돈 그츠리잇가 나눈

위 두어렁셩 두어렁셩 다링디리

대동강(大同江) 아즐가 대동강(大同江) 너븐디 몰라셔

위 두어렁셩 두어렁셩 다링디리

빈내여 아즐가 빈내여 노혼다 샤공아

위 두어렁셩 두어렁셩 다링디리

네가시 아즐가 네가시 럼난디 몰라셔

위 두어렁셩 두어렁셩 다링디리

녈빈예 아즐가 녈빈예 연즌다 샤공아

위 두어렁셩 두어렁셩 다링디리

대동강(大同江) 아즐가 대동강(大同江) 건넌편 고즐여

위 두어렁셩 두어렁셩 다링디리

빈타들면 아즐가 빈타들면 것고리이다 나눈

위 두어렁셩 두어렁셩 다링디리

'서경별곡'은 『악장가사』와 『시용향악보』에 실려 전해지는 고려 가요입니다. 가시리와 같이 '나는'이라는 어구가 반복적으로 사용되어 운율감을 살리고 '청산별곡'과 같이 '위 두어렁셩 두어렁셩 다링디리'라는 악기를 흉내 낸 소리가 후렴구로 있어 경쾌한 리듬감을 줍니다.

많은 작품에서 볼 수 있듯이 '서경별곡'의 대동강 역시 사랑하는 임과 화자의 사이를 갈라놓는 장애물을 상징합니다.

우리 고전 작품에서 여성은 대부분 소극적이고 체념적인 모습으로 그려지지만 '서경별곡'의 여성 화자는 적극적으로 사랑을 쟁취하려는 태도를 보여 줍니다. 자유롭고 솔직한 언어로 이별의 심정을 그려 냈기 때문에 조선 시대에 남녀상열지사로 구분되기도 했는데요. 그 솔직함이야말로 이 작품의 특징이자 재미입니다.

핵심 정리

- 형식: 고려 가요
- 연대: 고려 시대
- 출전: 『악장가사』, 『시용향악보』
- 성격: 진솔함, 적극적, 직설적
- 주제: 이별의 슬픔과 정한
- 의의: '가시리'와 함께 이별의 정한을 노래한 작품, '청산별곡'과
  함께 문학성과 창작성을 인정받은 작품

정과정

저는 아무 잘못도 없습니다

정서

'정과정'은 고려 가요 중에서 유일하게 작가가 확실하게 밝혀진 작품입니다. 고려 의종 때 간신들의 모함을 받아 유배된 정서가 그 주인공이지요.

고려 가요 중 많은 작품이 조선 시대에 와서 남녀상열지사라는 이유로 불리기를 금지당했지만 정과정은 연군지정戀君之情*을 노래한 대표 작품으로 고려를 넘어 조선 시대에도 사랑받던 노래입니다.

＊ 임금에 대한 그리움과 변함없는 사랑.

고려 18대 왕 의종과 외척지간인 정서는 시와 그림에 뛰어나 왕의
총애를 받았으나 김존중과 정함 등의 신하들에게 모함을 받게 됩
니다.
죄도 없이 억울하게 귀양 길에 오르게 된 정서에게 왕은 "조정의
여론 때문에 유배를 보내지만 얼마 후 다시 개경으로 불러오겠
다"라고 약속합니다.

고향인 동래(지금의 부산)로 귀양을 가게 된 정서는 바다가 보이는 언덕에 자리를 잡고 개경에서 연락이 오기를 하염없이 기다립니다.

몇 계절이 지나도록 한자리에서 왕의 소식을 기다리지만 정서를 조정으로 불러오려는 왕의 계획은 간신들의 반대에 부딪혀 기약 없이 늦어집니다. 왕의 부름을 기다리다 지친 정서는 자신의 무고함을 호소하고, 모함한 자들에게 분노하며, 왕을 향한 충성심에는 변함이 없음을 나타내는 시를 짓습니다.

내 님을 그리워하여 울고 있나니
산 접동새와 나는 비슷합니다.

유배지 동래는 왕이 있는 개경과는 너무 멀리 떨어진 곳입니다. 화자는 소식조차 들리지 않는 먼 곳에 계신 왕을 그리워하고 있습니다. 산속의 접동새가 화자의 마음을 아는지 구슬프게 울고 있습니다. 화자가 접동새에 한과 그리움, 고독감 등의 감정을 이입하고 있는 것이지요.

옳지 않으며 거짓이라는 것을,
잔월효성殘月曉星이 알고 있을 것입니다.

간신배들의 집요한 모함으로 유배지에 오게 되었지만 그 주장은
거짓입니다. 밤하늘에 뜬 초승달과 새벽에 빛나는 샛별이 화자의
결백을 알고 있을 것입니다.

넋이라도 님을 함께 모시고 싶어라.

임금을 향한 신하의 애절한 마음이 드러나는 구절입니다. 왕은 비록 자신을 잊을지 몰라도 화자는 넋이 되어 왕의 곁을 지킬 것입니다.

이렇게 일편단심의 충성심을 고백하기 때문에 이 노래는 고려 이후 조선 시대에도 선비들 사이에서 널리 불리게 됩니다.

내 죄를 우기던 이가 누구입니까?

잘못도 허물도 전혀 없습니다.
뭇사람들이 꾸며 낸 말입니다.

앞부분에서 화자는 자신의 마음을 접동새에 빗대어 표현하였지만 중반부에서는 좀 더 직접적으로 결백을 주장합니다. 자신을 모함한 이들을 다시 한 번 상기시키고 자신의 잘못 때문이 아니라 단지 정치적인 이유로 귀양을 왔다는 것을 강조하고 있습니다. 반복을 통해 화자의 억울한 심정이 더욱 강조됩니다.

슬프구나!
님께서 나를 벌써 잊으셨습니까?
아! 님이여, 다시 들으시어 사랑해 주시옵소서.

짧은 감탄사로 시작하는 마지막 연이 어딘가 익숙해 보이지 않나요? 신라의 10구체 향가의 마지막 연이 '아아'와 같은 짧은 감탄사로 시작하지요. 이 때문에 '정과정'을 향가의 영향을 받은 과도기적 작품이라고 해석한답니다.

정서는 노래의 마지막까지 임금을 향한 정을 노래하지만 왕은 그를 끝까지 불러 주지 않았습니다. 주변의 간신들 때문에 의종은 옳은 소리를 들을 수 없었고 향락에 빠져 지냈습니다. 마지막 행은 충신인 자신의 말을 귀 기울여 들어 달라는 정서의 소망이기도 합니다.

정서는 '무신의 난'으로 의종이 폐위되고 난 후, 명종 때가 되어서야 유배지에서 풀려나게 됩니다. 의종은 폐위된 후 무신들에 의해 귀양지에서 허리가 꺾여 비참하게 죽임을 당하게 됩니다.

정과정(鄭瓜亭)

정서

내 님믈 그리ᅀᆞ와 우디나니
산(山) 졉동새 난 이슷ᄒᆞ요이다.
아니시며 거츠르신 ᄃᆞᆯ 아으
잔월효성(殘月曉星)이 아ᄅᆞ시리이다.
넉시라도 님은 ᄒᆞᆫᄃᆡ 녀져라 아으
벼기더시니 뉘러시니잇가.
과(過)도 허믈도 천만(千萬) 업소이다.
ᄆᆞᆯ힛 마리신뎌
ᄉᆞᆯ읏븐뎌 아으
니미 나ᄅᆞᆯ ᄒᆞ마 니ᄌᆞ시니잇가.
아소 님하, 도람 드르샤 괴오쇼셔.

'정과정'은 『악학궤범』에 실려 전해지고, 기록으로 남아 있는 고전 작품 중 유배지에서 남긴 최초의 작품입니다. 따라서 유배 문학의 효시라는 문학사적 의의를 가지고 있습니다. 이 작품에서 정서는 왕을 향한 그리움과 충성심을 마치 사랑하는 이와 헤어진 여성의 목소리로 표현했습니다.

이렇게 신하가 임금을 그리워하며 부르는 노래를 '충신연주지사'라 합니다. '정과정'을 시초로 하여 조선 시대에는 '사미인곡', '속미인곡' 등의 노래가 신하들 사이에서 널리 만들어졌답니다.

 핵심 정리

- 형식: 고려 가요
- 연대: 고려 의종 때
- 출전: 『악학궤범』
- 성격: 충신연주지사, 억울함, 애절함
- 주제: 임금을 향한 변함없는 충절과 자신의 결백 주장
- 의의: 유배 문학의 효시, 고려 시대의 대표적인 충신연주지사, 향가와 고려 가요를 잇는 과도기적 작품

동동

작자 미상

일 년 열두 달 당신을 그리워해요

'동동'은 우리 문학 최초의 월령체 작품입니다. 월령체란 한 해 열두 달의 순서에 따라 연이 나뉘고 내용이 구성되는 달거리 노래입니다. 월령체 노래에는 명절이나 절기에 따라 치렀던 행사나 놀이 등의 세시 풍속이 나타나 있어 우리 조상들의 생활 모습을 유추할 수 있는 재미가 있습니다.

'동동'은 우리 고전의 보편적 주제인 임과의 이별을 노래하고 있는데 일 년 열두 달의 특성과 세시 풍속 또한 묘사되어 더욱 흥미진진하게 감상할 수 있습니다.

덕일랑 뒤 잔에 바치옵고
복일랑 앞 잔에 바치옵고
덕이며 복이라 하는 것을
드리러 오십시오.
아으 동동다리

'동동'의 1연은 2연부터 13연까지 나오는 남녀의 사랑과 이별, 그
리움의 내용과는 상관없이 임금의 덕을 기리고 축복하는 내용입
니다. 이를 송축이라 하는데요, 민간에서 널리 불리던 노래가
궁중으로 유입되는 과정에서 덧붙여진 구절이라고 추측할 수 있
답니다.

정월 냇물은
아아, 얼었다 녹으려 하는데
세상 가운데 태어난
몸이여, 홀로 살아가는구나.
아으 동동다리

정월입니다. 우리 조상들은 예로부터 음력으로 날짜를 셌습니다.
정월, 즉 음력 1월은 보통 양력으로 2월입니다. 겨우내 단단하게
얼었던 냇물이 이제 막 녹으려 하는 시기이지요.
얼었던 세상이 녹으려 하는데 외로운 이 몸은 아직도 혼자입니다.
사랑하는 임은 소식조차 없습니다. 계절은 봄이지만 화자의 마음
은 아직 겨울입니다.

이월 보름에
아아, 높이 켠 등불 같구나.
만인 비추실
모습이로다.
아으 동동다리

음력 2월 15일은 연등절燃燈節입니다. 고려 시대 때 연등절은 등불을 매달아 부처님의 공덕을 찬양하는 국가적인 행사였습니다. 지금도 부처님 오신 날에 연등 행사를 하지요. 화자는 자신이 사랑하는 임이 부처님과 같이 만인을 비추는 덕을 갖춘 훌륭한 사람이라고 생각합니다.

삼월 되어 핀
아아, 늦봄 진달래꽃이여.
남이 부러워할 모습을
지니고 나셨도다.
아으 동동다리

삼월이 되니 아름다운 진달래꽃이 피었습니다. 화자는 사랑하는
임도 진달래꽃처럼 남들이 모두 부러워할 모습을 가지고 있다고
생각합니다.

사월 아니 잊고
아아, 오시는구나 꾀꼬리 새여.
무슨 일로 녹사님은
예전의 나를 잊고 계시는가?
아으 동동다리

늦은 봄 꾀꼬리는 계절을 잊지 않고 찾아왔지만, 화자가 기다리는
녹사님은 무슨 일로 오지 않는 걸까요? 녹사는 고려 시대 벼슬의
이름 중 하나입니다. 녹사님을 기다리는 것으로 보아 화자는 여성
임을 알 수 있습니다.

오월 닷샛날에
아아, 단옷날 아침 약은
천년을 길이 사실 약이라
바치옵니다.
아으 동동다리

음력 5월 5일은 단오입니다. 단오에 창포물로 머리를 감고 그네뛰기를 하는 풍속을 들어 본 적이 있을 겁니다. 요즘에도 전국 곳곳에서 단오 축제가 열리지요. 이날 정오에 캔 약쑥과 익모초는 건강에 좋다고 합니다. 화자도 임을 위하여 약을 달였고, 임이 오랫동안 장수하기를 빌고 있습니다.

유월 보름에
아아, 벼랑에 버린 빗 같구나.
돌아보실 임을
잠시나마 따르겠습니다.
아으 동동다리

음력 6월 15일은 흐르는 물에 머리를 감는다는 뜻의 유두일流頭日
입니다. 장마가 끝나고 본격적인 더위가 시작되는 유두일에는 동
쪽으로 흐르는 물에 머리를 감고 목욕을 하며 물가에서 사람들과
어울려 놀았다고 합니다.
이렇게 여럿이 함께 모여 시간을 보내는 날에 여인은 사랑하는 임
도 없이 혼자인 자신이 버림받았다고 느낍니다. 이제는 이가 빠져
쓸모없는 '벼랑에 버린 빗'과 같은 처지 같습니다. 자신을 돌아봐
주기만 한다면 잠깐이라도 임을 따르겠지만 기다리는 임은 오지
않습니다.

칠월 보름에
아아, 백 가지 곡식 차려 놓고
임과 함께 살아가고자
소원을 비옵니다.
아으 동동다리

음력 7월 15일은 백중^에입니다. 백중은 백 가지 곡식의 씨앗을
갖추어 조상의 혼을 위로하는 날이었습니다. 화자는 백중날의 풍
속처럼 곡식을 차려 놓고 임과 함께 살고 싶다는 소원을 빕니다.
이런 날 임과 함께 지낸다면 얼마나 좋을까 상상해 봅니다.

팔월 보름은
아아, 한가윗날이지만
임을 모시고 지내야만
오늘이 진정한 한가위입니다.
아으 동동다리

일 년 중 최고의 명절인 추석이 왔습니다. 온 마을이 잔치 준비로
들뜬 가운데 아이들은 깨끗한 옷을 입고 좋아하고, 마을 사람들은
모두 모여 씨름 구경도 하고 윷놀이도 하며 신이 났습니다. 그러
나 바라던 임이 없어 혼자 집에 있는 여인은 떠들썩한 바깥 소리
에 더 쓸쓸합니다. 여인에게 임이 없다면 추석도 다른 날과 똑같
을 뿐입니다.

아아, 약으로 먹는 노란 국화꽃
꽃은 집안에 가득한데
초가집이 고요하구나.
아으 동동다리

음력 9월 9일은 중양절重陽節입니다. 우리 조상들은 중양절에 노란
국화로 전을 부쳐 먹거나 국화차를 우려 마셨습니다. 초가집 뜰에
노란 국화가 가득 피었지만 국화전과 국화차를 같이 먹을 사람은
보이지 않습니다.

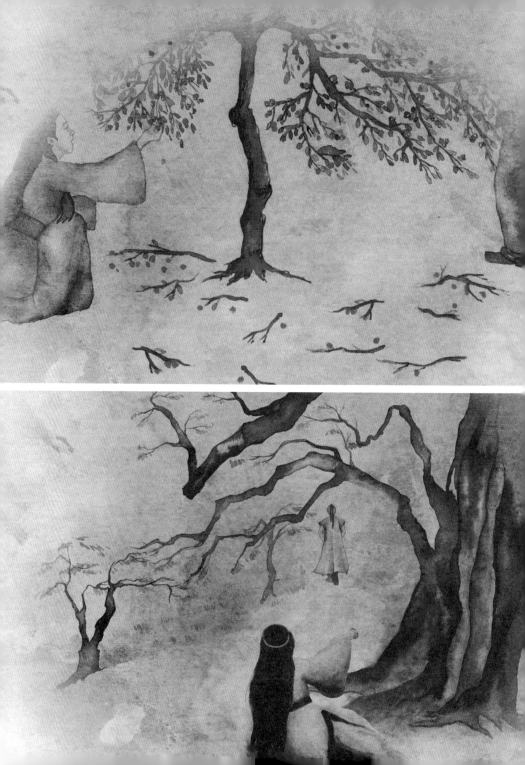

시월에
아아, 잘게 저민 보리수나무 같구나.
꺾어 버리신 후에
지니실 한 분이 없으시도다.
아으 동동다리

임이 떠나고 오랜 시간 돌아오지 않자, 화자는 아무래도 자신이
영영 버림받은 것 같다는 생각이 듭니다. 이런 자신의 신세가 사
람들이 보리수나무 열매를 따 먹고 버린 나뭇가지와 같이 처량합
니다.

십일월 봉당 자리에
아아, 홑적삼 덮고 누워
슬픈 일이로다.
고운님을 여의고 살아가는구나.
아으 동동다리

11월, 사계절을 한 바퀴 돌아 다시 겨울이 찾아왔습니다. 화자가
누워 있는 봉당 자리는 초가집에서 방문 앞에 툇마루 없이 흙바닥
그대로 봉긋 올라온 곳입니다. 이런 맨 바닥에 홑적삼만 덮고 누
운 화자가 안쓰럽게 여겨집니다. 임도 없는 방 안에 혼자 있기 보
다는 차가운 봉당 자리에서 임을 기다리겠다는 것이 화자의 마음
일까요.

십이월에
분지 나무로 깎은
아아, 진상할 상의 젓가락 같구나.
임 앞에 가지런히 놓았더니
손님이 가져다 무옵니다.
아으 동동다리

12월의 나무젓가락은 계절과는 상관없는 사물입니다. 마지막 연
에서 여인이 정성껏 깎은 젓가락을 손님이 가져다 입에 뭅니다.
이 구절은 비유적인 표현일 가능성이 높습니다. 사랑하는 임과 이
루어지지 못하고 엉뚱한 남자에게 몸을 맡기게 되었다는 의미로
해석할 수 있습니다. 사랑하는 임이지만 끝까지 돌아오지 않는다
면 결국 여인은 다른 남자에게 갈 수밖에 없을 겁니다.

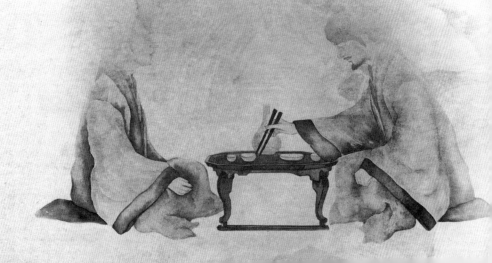

동동(動動)

작자 미상

덕(德)으란 곰빅예 받줍고
복(福)으란 림빅예 받줍고
덕(德)이여 복(福)이라 호늘
나ᅀᆞ라 오소이다.
아으 동동(動動)다리

정월(正月)ㅅ 나릿므른
아으 어져 녹져 ᄒᆞ논ᄃᆡ
누릿 가온ᄃᆡ 나곤
몸하 ᄒᆞ올로 녈셔.
아으 동동(動動)다리

이월(二月)ㅅ 보로매
아으 노피 현 등(燈)ㅅ블 다호라
만인(萬人) 비취실,
즈싀샷다.
아으 동동(動動)다리

삼월(三月) 나며 개(開)ᄒᆞᆫ
아으 만춘(滿春) ᄃᆞᆯ욋고지여

ᄂᆞ미 브롤 즈슬,
디녀 나샷다.
아으 동동(動動)다리

사월(四月) 아니 니저
아으 오실셔 곳고리새여
므슴다 녹사(錄事)니믄,
녯 나를 닛고신뎌.
아으 동동(動動)다리

오월(五月) 오일(五日)애
아으 수릿날 아ᄎᆞᆷ 약은
즈믄힐 장존(長存)ᄒᆞ샬 약이라
받ᄌᆞ노이다.
아으 동동(動動)다리

유월(六月)ㅅ 보로매
아으 별해 ᄇᆞ룐 빗다호라
도라보실 니믈
격곰 좃니노이다.
아으 동동(動動)다리

칠월(七月)ㅅ 보로매
아으 백종(百種) 배(排)호야 두고
니믈 흔딕 녀가져
원을 비숩노이다.
아으 동동(動動)다리

팔월(八月)ㅅ 보로문
아으 가배(嘉俳) 나리마른
니믈 뫼셔 녀곤
오늘낤 가배(嘉俳)샷다.
아으 동동(動動)다리

구월(九月) 구일(九日)애
아으 약(藥)이라 먹논 황화(黃花)
고지 안해 드니
새셔 가만호애라.
아으 동동(動動)다리

시월(十月)애
아으 져미연 브룻 다호라
것거 브리신 후(後)에
디니실 흔 부니 업스샷다.

아으 동동(動動)다리

십일월(十一月)ㅅ 봉당 자리예
아으 한삼(汗衫) 두퍼 누워
슬흘ᄉ라온뎌.
고우닐 스싀옴 녈셔.
아으 동동(動動)다리

십이월(十二月)ㅅ
분디남ᄀ로 갓곤,
아으 나ᄋ술 반(盤)잇 져 다호라.
니믜 알ᄑ픠 드러 얼이노니,
소니 가재다 므ᄅ습노이다.
아으 동동(動動)다리

 핵심 정리

- 형식: 고려 가요
- 연대: 고려 시대
- 출전: 『악학궤범』
- 성격: 송축, 서정적, 민요적
- 주제: 임을 향한 사랑과 송축, 임의 부재로 인한 외로움
- 의의: 우리나라 최초의 월령체 노래

이토록 친절한 문학 교과서 작품 읽기 : 고대 가요·향가·고려 가요 편

초판 1쇄 인쇄 2018년 6월 25일
초판 5쇄 발행 2022년 2월 4일

지은이 하태준
펴낸이 김선식

경영총괄 김은영
콘텐츠개발3팀장 이승환   **콘텐츠개발3팀** 심아경, 김은하, 김한솔, 김정택
마케팅본부장 권장규   **마케팅1팀** 최혜령, 오서영
미디어홍보본부장 정명찬   **홍보팀** 안지혜, 김민정, 오수미, 김은지, 이소영, 박재연
뉴미디어팀 허지호, 임유나, 배한진, 홍수경, 박지수, 송희진
저작권팀 한승빈, 김재원   **편집관리팀** 조세현, 백설희
경영관리본부 하미선, 윤이경, 김재경, 오지영, 박상민, 김소영, 이소희, 최완규, 이지우, 이우철, 김혜진
외부스태프 남성훈, 이선희(일러스트)

펴낸곳 다산북스   **출판등록** 2005년 12월 23일 제313-2005-00277호
주소 경기도 파주시 회동길 490 3층   **전화** 02-704-1724   **팩스** 02-703-2219
이메일 dasanbooks@dasanbooks.com   **홈페이지** dasan.group   **블로그** blog.naver.com/dasan_books
종이 한솔피앤에스   **출력·인쇄** 민언프린텍   **후가공** 평창 P&G   **제본** 정문바인텍

ISBN 979-11-306-1748-0 (44810)
        979-11-306-1747-3 (전3권)

다산북스(DASANBOOKS)는 독자 여러분의 책에 관한 아이디어와 원고 투고를 기쁜 마음으로 기다리고 있습니다. 책 출간을 원하는 아이디어가 있으신 분은 이메일 dasanbooks@dasanbooks.com 또는 다산북스 홈페이지 '투고 원고'란으로 간단한 개요와 취지, 연락처 등을 보내 주세요. 머뭇거리지 말고 문을 두드리세요.